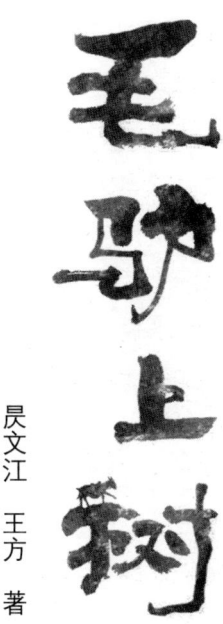

昊文江　王方　著

目录

第一章　毛驴回村 / 1

第二章　第一书记 / 31

第三章　真假大款 / 61

第四章　葡萄风波 / 87

第五章　神秘捐款 / 113

第六章　撵驴追驴 / 143

第七章　海洋回乡 / 171

第八章　立体开发 / 195

尾　声　星星之火 / 227

第一章　毛驴回村

神仙住的地方，凡人的日子可就难过了，张仁义常常会这么想。

传说西王母娘娘住在昆仑山顶上，千丈山崖，万年冰雪，那真个是中国第一神山。可是那地界，凡人一天也活不下来吧？神仙们能餐风饮露，得天地精华；凡人要吃要喝，要讨媳妇养娃，一睁眼，茶米油盐，一样也少不得操心。

看看咱沂蒙山云蒙崮，虽不敢比昆仑山，但里头的道理是一样的。在咱这地方，山头儿不叫山头儿，叫个"崮"。也不知道老天爷是怎么琢磨的，在很多山尖尖上给安了个巨大的石台，陡峭嶙峋，不生草木，这石台下面，才是缓缓的山坡。远远望去，这些山峰好像戴上了帽子，这种地形，就叫崮。

沂蒙山里，到处是崮，有"沂蒙七十二崮"的说法，但究竟有多少座，谁也没那个闲心去一一数过。沂蒙山的崮，各有各的样式，有的像观音稳坐的莲台，有的像织女纺线的梭子，还有的像仙人对弈的棋盘……更妙的是，从孟春到深秋，风从东南方带来水汽，遇到群山阻挡，便沿山坡爬升，凝成薄薄的云雾，在群峰之间萦绕，久久不散。

你说云蒙崮的风景美不美？不是吹牛，这样的景致，神仙来了也住得。

但是，山多了，田就少了，地偏了，路就难行。老百姓守着几块薄田，靠天吃饭，十年倒有九年荒。饭都吃不饱，还说啥别的？张仁义知道，这不光是云蒙崮村一个村的情况，整个沂蒙山区，尽人皆知六大难——"行路难、吃水难、上学难、就医难、就业难、娶妻难"。老百姓祖祖辈辈受穷，饿着肚子，不论啥样的青山绿水，看在眼里也成了穷山恶水。

这日子，过得憋屈啊。

张仁义今年五十九，是个老党员了，自打三十多年前当上云梦崮村的村支部书记，这大半辈子就铆着劲，跟"穷神"斗。他心里记得清楚，1984年底，国家摸底调查了全中国十八个连片贫困地区，沂蒙山区就是这"十八穷"之一。当时，贫困户计有七十八万户、二百八十八万人。有很多村子，连村民都记不得本来叫啥名了，直接就叫光棍村。

都说勤劳致富，这话是不假，但乡亲们不是不勤劳，问题是庄户人要知识没知识，要门路没门路，两眼一抹黑，有劲儿他也没处使啊。贫困山区要脱贫，那可是斗天斗地斗鬼神的大工程，得依靠国家政策来领路，靠党员干部动脑筋、办实事。

幸好改革开放以来，国家的扶贫政策是越来越好了，特别是从2013年开始，党中央提出"精准扶贫"计划，除了一系列惠民支持政策，还从各级机关挑选优秀的年轻干部，派到贫困村里当"第一书记"，主抓扶贫工作，带领全村致富奔小康。这第一书记，不占村里的干部名额，依靠当地的村党组织，和当地原来的村支书相互配合，一起主持基层工作。

在很多村里，乡亲们喜欢把村里原来的支部书记叫成"老书记"，也不管"老书记"的年龄是老还是少。当然，在云蒙崮村，张仁义是个名副其实的老书记了。第一书记叫林大为，是从临沂市里派下来的，在村里扎了一年多，着实干了不少事，大家伙儿的日子明显越过越有奔头了。张仁义看在眼里，喜在心头，看来，今年底，最晚明年初，他六十岁的时候，就可以安安心心地退休了。

在那之前，张仁义决心站好最后一班岗，做好保驾护航的工作。毕竟，云蒙崮的很多村民都是他看着长大的，他对村里各家的情况、各人的脾性，再熟悉不过了。你比如说，村里人吧，有时候有点好占小便宜、不顾大局的毛病。这几天，张仁义就发现了一件气人的事儿，村民们晒粮食都晒到村里的公路上了！

现在是六月天，麦刚收了不久，新打的粮食得晒干了才好收藏，陈年的余粮搁久了也容易生霉，庄户人喜欢在天气响晴的时候，翻出来晒一晒。云蒙崮是个典型的山沟沟，从村头到村尾，见不着几尺平地，除了去年刚修好的进村公路。

村公路又平整又敞亮，好些村民就把路面当成了晒场，东一片，西一片，在那摊开了晒粮食，还有晒干菜的，把个漂亮干净的路面，整成了大花脸。这么干可不行，张仁义打算今天就在村里开喇叭广播，好好说道说道这个事。

这天下午三点多，老书记张仁义走进了村委会的广播室。

一般来说，贫困村的财政预算，各级政府都会给予一定的支持，但好些时候还是有些捉襟见肘。第一书记林大为刚入村，就和老书记张仁义达成共识：村委会一切公务从简，要尽量地少花钱多办事。因此，云蒙崮村不论用人用物，都讲究个多功能。

这广播室就属于一室三用，房间在村委会一楼，有三十多平方米，比较宽敞，平时又兼着会客室和村干部的临时办公点儿。屋里靠墙摆着简易的木沙发和一张小茶几，屋中间对拼着两个办公桌，靠着窗台的就是广播喇叭的设备——一桌一椅，桌上立着麦克风话筒和扩音机。

张仁义进了房间，走到窗边坐定，打开话筒开关，先在上面拍了几下，又"喂"了几下试试音，然后就开始广播了：

"大伙儿注意了，大伙儿注意了啊，咱们村的路啊，已经全线开通了。但是这几天我发现,有些人啊,在路面上晒粮食、晒干菜,有的人还把自家的杂物堆在路边。这样可不行。这么好的路,不影响美观啊?再说也不安全。"

张仁义顿了顿,在脑子里组织了一下语言,又继续说道:"咱们费了一年的劲儿才修好这路,是为了干啥?可不是为了这些事,咱们要让这条路……"

话还没说完,只听"嘭嘭嘭"几声响,张仁义吓了一大跳,急忙往窗口看去,只见"大喇叭"正扒在窗台外面,火急火燎地敲窗户呢。

这个"大喇叭",可不是真的喇叭,而是个大活人。这家伙吧,眼一天不闲着,嘴也一天不闲着,村里大大小小的事儿,偏他都能看在眼里。他既看在眼里,那决计不能烂在肚里,得到处宣扬,但凡谁家上午有个啥事被他看见了,不到天黑,全村都能传遍,真是人如其名,活脱脱一个大喇叭。时间一长,全村人都不爱叫他真名,只管他叫"大喇叭"。

张仁义被"大喇叭"吓这一跳,心里不禁有点上火。他一把按住话筒,电流信号受激,广播喇叭冷不防发出一波尖利的啸叫。张仁义赶忙关了话筒,打开窗户,不耐烦地冲"大喇叭"道:"大喇叭,干吗呢你?"

"大喇叭"肯定是一路小跑过来的,顶着一脑门子汗。他也顾不得擦,激动地跟张仁义说:

"老书记,出事了,出事了!"

这话要是别人说的,张仁义倒有七分相信,但这"大喇叭"平时就爱大惊小怪,他的话不能太当真。这青天白日的,能出啥大事?

张仁义压了压火说:"'喇叭',你也是三十好几的人了,遇事就不兴稳当点?屁大点事,都给你嚷嚷成国际新闻。"

"大喇叭"一听,急得跳脚:"哎呀,书记,这事儿它比屁大啊!你等等,我进去跟你说。"

张仁义忙说:"别,你等会儿!我这儿正广播说正事呢。"说着,他把话筒开关打开,继续广播:"继续啊,乡亲们。这条路啊,是咱们村经济振兴的重中之重!咱们村在山沟子里,没有这条路,咱种的庄稼粮食,还有那些好吃的,人家城里人咋进来收么!"

这当口,"大喇叭"已经自己"腾腾腾"地进了广播室。看见老书记还在讲话,他一边在桌边等,一边老实不客气地拿起张仁义的水杯,咕咚咚喝了一气儿。喝完水,眼见老书记还不知要广播多久,"大喇叭"一伸手把话筒关了,开始嚷嚷:"老书记,毛驴!毛驴他回来啦!"

张仁义一听,心里"咯噔"一下,顿时忘了批评"大喇叭"扰乱工作,连忙问:"真的?你看见啦?"

"大喇叭"说:"那还能假了?我瞧得真真儿的!毛驴坐着小汽车进的村儿,那车,可气派啦。毛驴他全身穿金戴银的,还带着个七八岁的小丫头,下了车,直往毛家的老屋去了。"

一听这话,张仁义坐不住了,拉起"大喇叭"就往外走,嘴里说着:"赶紧通知林书记去。这事儿,我可得躲两天。"

* * * * * *

云蒙崮村委会是一栋两层小楼,在村委会正门两侧,挂着几条大门牌，除了"山东省临沂市高岭镇云蒙崮村村支部委员会"，还有"临沂市高岭镇云蒙崮村综治中心""云蒙崮村村民民连"和"高岭镇商业联合会"的牌子。别看村委会地方不大，但意义重大，好比这一村的神经中枢，各种信息都在这里交汇传达。

第一书记林大为的办公室在村委会一楼东头，张仁义广播的时候，他正在办公室里，跟村干部赵海霞合计村里贫困户的事情。

赵海霞今年三十六岁，是村里选出来的妇女主任，在镇里上过初中。她文化程度不算高，但脑子挺灵，能写会算，胆大心细，虽说是妇女主任，但什么事情都能张罗开。林大为知道，在村里工作一年多，亏了老书记和赵海霞支持，这两人缺一不可。特别是赵海霞，年纪轻，思想活，干劲足，一人管着村里脱贫致富的两台重头大戏，一是村里的农业合作社，二是扶贫车间。单凭着这两大项目，就解决了村里少说几十家贫困户的创收问题。

今天林大为叫赵海霞过来，是打算和她一块儿，好好做一下数据统计，一来总结一下工作进展，二来也对村里剩余的贫困户再摸摸底，商量下解决办法。既然要脱贫致富，那村里哪怕还有一家贫困户，工作都不能算成功。

赵海霞吃过午饭，就到林大为这边来了。临来之前，她做好了准备，把合作社与村里各户签的协议、文件和自己平时做的记录都带来了。

一进门，赵海霞简单跟林大为说了一下统计思路，就把带来的东西，一样样地摊在林大为的办公桌上，自己拉把椅子在桌边坐下。她一边核对文件，一边按着计算器，时不时在纸上写着，林大为在一边站着看，想起什么就补充进去。

两人忙活了快三个钟头，把一年多来的项目进展和运行状况都过了一遍，又对村里贫困户的情况进行了实时更新，最后把结果分别汇总到一页纸上。林大为先快速浏览了一遍当前的项目运营情况，又把最新的贫困户名单拿在手里，仔细看了一遍。

他思忖了一阵子，对赵海霞说："海霞，今年春天咱们村新建了蔬菜大棚，增加了一个扶贫车间，又解决了二十几家贫困户的就业问题。现在除了几家确实困难的兜底户，目前就还剩下这十几家啦。我提议由咱村干部每人包干几家，帮他们找找就业机会。虽说国家有贫困户补助，咱也不能把贫困户都推给国家财政，我看，镇里的贫困户名额，咱能少占就尽量少占几个吧。"

赵海霞点点头，一边收拾文件材料，一边说："林书记说得对。咱国家那么大，总有比咱村更困难的地方。咱村要想从根儿上脱贫，还是得自己立起来。"

林大为说："对，就是这个理儿。那咱俩赶紧商议着把分包名单做出来吧。今天就把贫困户名单和干部分包名单都贴到公示栏里去。你在纸上先列出村干部的名单，咱们琢磨一下怎么分配。"

赵海霞一边说行，一边拿起了纸笔，准备起草名单文件。忽然，就听有人在门上"咚咚"敲了两下。

林大为的办公室，几乎永远是敞开门的，不管村里的干部还是群众，来找第一书记都是直接就进来了，最多在门上敲敲示意"来人了"。

林大为和赵海霞抬头一看，只见是老书记张仁义，后面还跟着村民"大喇叭"。两人赶紧停下手里的事儿，喊了声："老书记。"

张仁义急匆匆地走进屋,冲赵海霞点点头,就对林大为说:"林书记啊,我得跟你说个事儿,这个……"话说了一半,他又吞吞吐吐不往下说了。

赵海霞觉得老书记神色不太对,好像有点为难的样子,就问跟在一边的"大喇叭":"咋了,'喇叭'?出啥事儿了?"

"大喇叭"早憋不住了,只是林书记和老书记都在这里,老书记还没说话,他不敢先嚷嚷。听到赵海霞一问,他赶紧开口了:"出大事儿了,毛驴回来了!"

赵海霞一听,脸上也是一阵紧张,忙问:"啥?他回来干啥?"

林大为在旁边瞧着可就纳闷了:什么毛驴?是人还是驴?咋至于把大伙儿紧张成这样?

林大为可不知道,"毛驴"两个字,是老书记张仁义心头的一块旧疮疤,十多年了,一直被他捂在心里。但张仁义也明白,只要是疮疤,总有被揭开的那一天,躲是躲不掉的。

张仁义叹了口气,跟林大为说:"林书记,有件事儿我一直没跟你提过,就是这毛驴的事儿,真不知道咋开口。"

林大为说:"老书记,您跟我有啥顾虑的?您说说看,不管啥难事儿,大家一起想办法。您说的这毛驴是啥意思啊?"说着,他拉来一把椅子,请张仁义坐下慢慢说。

张仁义叹了口气:"毛驴吧,本来是咱村的人,大名叫毛二贵。刚才'大喇叭'跑来告诉我,他看见毛二贵回村了。这毛驴离开咱村十几年了,一直没什么音信,这突然不知怎的,他就回来了。"

林大为一听,心里松了口气,笑笑说:"老书记,看您和海霞刚才那阵仗,我还以为出啥事儿了。您说的这毛二贵突然回村,

第一章　毛驴回村　9

那是好事儿啊，十几年后还能回来，这不说明他不忘根本嘛，回来挺好啊。"

张仁义听了直摆手："哎呀，林书记，你是不了解情况啊。毛二贵他可不是个省油的灯，打小就不学好，偷鸡摸狗、好吃懒做的，脾气还特别倔，跟个犟驴似的，谁的话也不听，不管好话歹话，一律油盐不进，要不怎么管他叫毛驴呢。"

林大为心想，毛二贵这么有性格，估计年龄应该不大，就问："老书记，毛二贵多大年纪了？"

张仁义想了想，指着赵海霞说："我记着，他应该比海霞小两岁，今年也有三十二三了吧。"

林大为笑了："老书记啊，您就别拿老眼光看人了，小子跟闺女不一样，小时候调皮捣蛋，说不定现在出息了呢？不是都说三十而立嘛。"

"大喇叭"在旁边听了半天，终于又逮到一个发言的机会，赶忙说："对，毛二贵现在可发大财了，我亲眼瞧见，他坐着小轿车进的村，那一身穿戴……"

张仁义一眼瞪过去，"大喇叭"立马不吱声了。

张仁义转过脸来，对林大为说："林书记，大家几十年乡里乡亲，我咋可能不盼着二贵长出息，可毛二贵实在是烂泥扶不上墙啊。"

林大为说："哦？那您跟我说说他家的情况。"

张仁义脸色变得凝重起来，好像脑子里在回忆一些不堪回首的事情。他又长叹了一声，说："二贵他爹，这辈子可真是受不完的罪啊。咱村是贫困村，他家当年算是这贫困村当中的贫困户，人又老实巴交的，见人说不出几句话，三十好几了，也娶不上老婆。后来，二贵他爹东拆西借，凑了一百块钱，说了一个外地老婆，当时我还跟着凑了十几块。八几年那时候，一百块可是老大一笔钱了。结果，娶来了二贵娘，生下二贵没到半年，人就跑了。唉，也是没办法，娶个媳妇，欠了一屁股债，屋里头又多了两张嘴，日子可不是更困难了吗。

"二贵娘跑了，剩二贵爹一个大男人，又当爹又当妈拉扯二贵，真不容易啊。都说穷人的孩子早当家，可这毛二贵那是一点不让人省心啊，干啥啥不行，吃啥啥没够。当年我实在看不过去，就替他爹教训了他两句。这孩子直接炸了毛，大白天往俺家大门上抹大粪，完了站俺家门口，直着脖子叉着腰，什么难听的都骂出来了。哎哟，全村人都跑来看热闹。你说，我这个村支书还咋做人么？我说的话，村里人还能服气么？"

眼看张仁义说着说着有些激动，林大为不好打断，顺着他的口气点了点头。

张仁义又接着说："按理说，我年纪跟他爹是一辈儿的，又是党员干部，不该跟一个毛孩子一般见识，这陈年烂账也就算了。但我怕的是，毛二贵这孩子良心品质坏了，那这人就没救了。你知道他是怎么走的吗？"

林大为赶忙问道："因为啥走的？"

张仁义说："那年，毛二贵差不多十八九岁吧。村里老葛家的房子，下雨泡塌了半扇墙，喊村里人帮忙泥墙，二贵他爹也去了。他出门之前，交代二贵把羊喂了，再把自家屋后头种的一点豆角子给收了。那时候，一到天冷就没啥菜吃了，全指着夏天弄点豆角、萝卜啥的，晒了腌了，靠那点干菜熬一冬天。那天老葛家的墙弄好以后，就张罗帮忙的乡亲们吃顿饭。刚好那天一过晌晚就变天了,打雷劈闪的,大雨还夹着雹子,老少爷儿们喝了点酒,就跟老葛家坐着聊天扯闲篇儿。

"等二贵爹回到家,天都黑透了,进门一看,家里连个人影儿都没有,二贵不知跑哪儿玩去了。晌午叫他收的豆角子也没收,东倒西歪,散得满地都是,早被雹子砸烂了。二贵他爹那个气啊,等二贵一进门,抓起门闩就是一顿揍,二贵就跑了。二贵爹在气头上,以为他跑别人家躲揍去了,谁知等了一夜也没回来,第二天二贵爹问遍了全村,都说没看见他。就这么着,二贵跑了,跑了这都多少年了。"

林大为不由问道:"老书记,那现在毛二贵家是个啥情况?二贵他爹呢,叫啥名字啊?我来村里一年多了,怎么也没见过他啊?"

张仁义说:"毛老弟大名叫毛秋收。唉,人早没了,没了好几年了,就剩个破屋跟那空着了。"说着,他不由又叹了口气,接起刚才的话茬儿:"要不我怎么老疑心毛二贵良心不好呢?你看看,老子打儿子,咱不敢说天经地义,可也不至于就打出深仇大恨了吧。毛二贵他怎么就能记这个仇,一走十几年不回来?连他爹死,他都不回来看一眼,还是村里给张罗的白事儿。你说,毛二贵他怎么忍得下心。可怜毛老弟这一辈子啊,就没过几天轻省日子,家里六亲无靠的,只有一个儿子,临了还成仇人了。"

林大为心里很沉重,正不知说点什么好,只听张仁义又说:"林书记,这不年不节的,毛驴突然回来,能有好事?别是他心里还记恨着,回来给村里捣乱的吧。"

林大为还没张嘴,就听衣兜里传来一阵手机铃声:"人人那个都说哎,沂蒙山好,沂蒙那个山上哎,好风光……"

他掏出手机,看一眼来电显示,跟张仁义说:"哟,老书记,镇里来电话……"张仁义赶紧摆摆手,示意林大为先接电话。

林大为按了免提,还没开口,就听手机里传来高岭镇党委书记丁有康的声音:"林书记,告诉你一个好消息!你们村的大棚葡萄,找好买主了。"

林大为一听,脸上立刻露出了笑容,他一边兴奋地看了看张仁义,一边对着电话说:"葡萄找好买主了!太好了。丁书记,这下您可给我们村帮了大忙啦!太感谢您了!回头我得到镇里当面感谢镇领导支持。"

电话那头,只听丁书记说:"哈哈,林书记,你可别谢我。这事儿啊,多亏了你们村出去的郑海洋。人家在白总那儿可给咱们村做了好大的宣传,打包票说咱们村好那好的,不然的话,这事儿也不会这么快敲定。"

林大为笑着说:"是啊,海洋这次给咱村立大功了。"

丁书记又说:"林书记,你也别谦虚。云蒙崮那么个落后村你来这才不到两年,变化很显著啊,都成了全高岭镇的典型、模范了。林书记,今后工作有什么需要,尽管说,镇上全力支持!好啦,你赶紧和郑海洋联系,这几天抓紧把葡萄收购合同签下来,白纸黑字,那就彻底保险啦。"

林大为答应着,挂了电话,转头跟张仁义和赵海霞说:"老书记、海霞,都听到了吧,咱们的大棚葡萄有销路了,统一收购。"

张仁义一听,脸上的阴霾一扫而光,赵海霞也喜气洋洋地说:"林书记,那我赶紧通知村里的大棚葡萄户去,也让他们准备一下,好签合同。"

林大为说:"好,辛苦你,快去吧。"

第一章 毛驴回村

赵海霞迅速收拾好桌上的东西起身走了。张仁义笑呵呵地看着她走出去，对林大为说："好，这下解决了一个大事儿。海洋真是个好孩子！"

说完，他猛地又想起自己刚才来找林大为的原因，本来笑呵呵的脸一下子沉了下来："唉，咱村里出去的孩子，要都像海洋这样就好了。林书记，这毛驴的事吧，不是我不想管，实在是一想起他，我心里就打怵。他啊，那真是狗蛋子上席——不是好丸子！"

林大为被老书记这句歇后语给逗乐了，他哈哈一笑，说："老书记，别担心。您要是不想见他，就放心跟家休息几天吧。这几天我先得联系郑海洋，把村里葡萄签合同的事儿给办好，这是目前的大事。这毛二贵同志，'喇叭'不是说今天刚瞧见他回村嘛，也得让他先安顿安顿、收拾收拾。过几天啊，我就去会会这毛驴儿！"

张仁义表情明显放松了一些，说："好，那就麻烦林书记了。我先回去了。"他瞅了眼一直跟旁边站着的"大喇叭"，说："'喇叭'，还愣着干啥，走吧。"说着，这爷儿俩就走出了第一书记的办公室。

* * * * * *

这天下午，赵海霞挨家挨户地把葡萄收购的事情通知了村里的种植户。说过这事儿之后，她连晚饭也没顾上回家吃，又直接跑回了村委会，跟林大为合计签合同具体的手续。

两个人讨论了一下，最后商定，由村委会来牵头，把云蒙崮村二十三家葡萄种植户集体作为供货的乙方，统一跟收购公司签约。林大为觉得这么做有两个好处：一来能方便村委会统一管理，不用单独去跟种植户协调；二来也能给作为甲方的收购公司提供方便，省得人家一家一户地跟村民签约。这第二个好处尤其重要，人家公司愿意收购村里的产品，本来就带着扶贫和帮助的意愿，村委会就应该尽量把合作过程变得简单愉快，只有这样，将来人家才愿意多跟云蒙崮村打交道嘛。

第二天一早，赵海霞和林大为便开始分头行动。赵海霞把村里的种植户召集到村委会来，向他们详细说明了购销合同的情况和签约方式。种植户们都说，农村人从来只知道埋头伺候地里的东西，这些合同啊、契约啊，谁都不太明白。反正有村委会在前头主持着，不可能坑害他们，大家就省省心，一切听从村里安排好了。

征得了种植户的同意，林大为便去联系郑海洋，两人在电话里详谈了一番，把合同的具体条款和收购细节最终稿定了下来。

林大为虽然只见过郑海洋一两次，但感觉像认识了他很多年似的。这倒不是说林大为和郑海洋一见如故，而是这一年多来，林大为从张仁义那里听过太多郑海洋的事迹了。

张仁义说，郑海洋原来就是云蒙崮村的人，父母去世得早。在村里，他等于是吃百家饭长大的。十八岁上，郑海洋报名参军，被分配到了运输连队。两年后他退伍了，就凭着在部队学会的驾驶技术，在省城找了一份工作。他踏实肯干，脑子也聪明，起先帮人开大货车跑运输，干了一年多，觉得长途车司机虽然挣钱多，但是个拼体力的活儿，不是长久之计，就在省城里报名自考商业管理学位，不出车的时候就拼命学习。

拿到学位之后，郑海洋到一家商贸公司找了个销售岗位，学着做业务。一开始，做销售的收入还不如开长途，但他咬牙坚持了下来。后来他发觉全国房价有上涨的势头，就赶紧按揭贷款，在省城买了房子安了家。现在十几年过去了，通过进修、跳槽、升职，郑海洋的人生轨迹发生了跳跃式的变化，成了省城著名企业——鼎力商贸集团的高管。

林大为听说过鼎力集团，那是一家挺有名气的大型多元化集团公司，以分销、物流为主业，经营范围涉及食品饮料、日用百货、物业管理、实业投资等多个领域，还涉足一部分进出口业务，是东部地区乃至全国分销物流行业的领军企业之一。2014年以后，该集团公司敏锐地察觉到国家"精准扶贫"政策带来的机遇，在临沂设立了分公司，就是为了方便对接沂蒙山区的业务。目前，郑海洋就在临沂分公司做业务主管，直接向分公司的总经理白总汇报。

张仁义还说，郑海洋这个孩子能吃苦、能奋斗，是云蒙崮村的骄傲，更可贵的是，他从来不忘本。出去这么多年，他一直惦记着村里的困难。以前，进出村的山路坑坑洼洼，非常难走，但逢年过节的时候，只要能抽一两天空儿，郑海洋就辗转坐车回村看看，拜访拜访老书记，前两年还给村里小学图书室捐过几百本图书。

现在村里修好了公路，办事情就更加便捷了。

林大为联系上郑海洋，两人把云蒙崮村葡萄收购合同的细节一一确认，鼎力集团当天就派业务员实地察看了大棚葡萄，了解品种和长势，评估质量和产量。一天后，村里的葡萄种植户就在村委会的组织下，集体和鼎力集团签订了购销合同。双方约定，等葡萄一成熟，公司就派收购员来收，收货车辆、物流都是公司负责，村里种植户几乎不用费什么事，坐等结账就行了。

从接到镇里丁书记的通知，到合同签订，总共只用了三天，效率真不算低。

送走了鼎力集团的人，眼看已经快下午四点了，村委会办公室一下子安静下来。林大为挺高兴，心里一块悬着的大石头终于落了地。眼下这会儿没什么事，他拿出手机，拨通了爱人周萍的号码。他俩已经两个多月没见面了，前些天周萍一直说要来村里看他，但林大为这阵子总操心葡萄的事儿，就拦着没让周萍过来。

电话接通，林大为说："媳妇儿，向你报告一个重大喜讯，我们村的大棚葡萄销出去啦。"

周萍笑着说："哟，那可得恭喜林书记啊。怎么着，今天有空接见我了？这俩月没见着人，你那脏衣服都快堆成大棚了吧？"

林大为嘿嘿一笑说："可不是嘛，特请媳妇儿大人拨冗下乡，来视察一下本人的'灾情'。今天是周五吧？你傍晚过来呗。"

周萍说："行，今天不忙，下班我可以早走一会儿。我跟我哥借了车，先接闺女放学，送到我妈那儿去，然后就去你们村。"

林大为说："好，那我乖乖等着，先挂了哈。"

周萍说："你急啥？我告诉你，今天我也有一个喜讯带给你。"

林大为忙问："啥喜讯？"

周萍的笑声通过电话传来，她卖了个关子："现在不告诉你，见面再跟你说。哎，你有什么想吃的吗，我从市里给你捎过去。"

林大为说："解放路口、靠沂河大桥那边，有家羊肉馆，你给捎点羊肉烩菜吧，就想吃那口儿。对了，傍晚见了咱妈，你先替我谢谢她老人家支持工作哈。"

周萍说："得了吧，赶明儿你自己谢去，别老拿我当挡箭牌。好了，挂电话吧，晚上见。"

林大为"嘿嘿"一笑，挂了电话。他在办公桌前站了一会儿，看看手头暂时没啥紧急的事儿，心想那就赶快把自己的宿舍稍微归置归置吧，可别又让老婆逮到数落一顿。

林大为的宿舍和办公室是个里外间，外间办公，里间十来平方米就当宿舍了，屋里头搭了个行军床，床对面一桌一椅，靠墙立着一个帆布的简易衣柜。

可这屋子林大为没能收拾成，他刚一进里间，就听见一阵"咚咚"的脚步声，紧接着一个大嗓门开始在楼下嚷嚷："林书记，林书记，又出事了！"

这未见其人先闻其声的劲头儿，不用问，肯定是"大喇叭"又来广播了。林大为迎了出去，果然看见"大喇叭"跑进了村委会，正往他办公室这边来。

林大为忙问："咋了，'喇叭'，又出啥事了？"

"大喇叭"气喘吁吁地说："毛驴！毛驴他和'东方不败'打起来啦！你快去看看吧。"

林大为愣了一下，这几天光忙活葡萄收购签约了，老书记跟他提的毛二贵回村的事儿，差点给忘了。看来，村里这头"毛驴"果然名不虚传啊，自己本来打算主动去找他摸摸底，没想到回来这还没几天，毛驴自己就这么不省心了。

来云蒙崮一年多，林大为在村里转了不知多少圈，村里一草一木，哪怕一个坑洼，他一闭眼都能想起来。村里的二百来户人家，老老少少，林大为不敢说都能把名字和每一个人对上号，但大概也能认个七七八八，特别是一些特点鲜明的人物。

林大为知道，这"东方不败"说的是村里的小寡妇何翠姑，性格极其泼辣，那一张嘴简直了，开口就能往外飞刀子，堪称周遭十八村骂街第一高手，无人能比。因此，村里人就给她起了这么个威风八面的外号。

林大为招手让"大喇叭"带他往"案发现场"去，一边走一边问道："毛二贵咋和何翠姑打起来了？"

"大喇叭"说："为了啥，我还没来得及看，这不是赶着过来告诉林书记嘛。毛二贵家的屋子就在'东方不败'家的斜对过。这一公一母都不是善茬，碰上了还不得过过招儿啊？"

听"大喇叭"这么一说，林大为想起来了。何翠姑家斜对面，确实有两间旧屋子，矮矮的院墙，大门破破烂烂的，没上锁，也不见住着谁，他还以为是谁家老屋专门堆杂物的。这么说，那两间房就是毛二贵家了。

林大为说："'喇叭'，别净乱说，咱去看看就知道了，快点走。"

毛二贵家离村委会不远，林大为脚步快，带着"大喇叭"，十几分钟就走到了。还没到跟前，远远就瞧见那一片围了一大圈人，得有二三十口子。站在地下的，差不多有十来个人，全都踮着脚、扬着脖往里看；还有十来个人爬到旁边院墙上，露个脑袋往下看；最后有俩人实在挤不进去，索性爬到大榆树的树杈上，手在脑门儿上遮个凉棚跟那儿看。

林大为下意识地摇摇头，唉，大伙儿这是看热闹不嫌事大啊，这个风气可不太好。他走到人墙边上，有人眼尖，看到第一书记来了，喊了声"林书记"，就笑嘻嘻地给他闪了个空儿。

林大为从人缝里挤进去，只见一个三十来岁的男子，盘着腿坐在屋门口，不用说，这就是大名鼎鼎的毛驴毛二贵了。

毛二贵长着一张长方脸，眉毛略微带点八字，一双眼睛不大，眼珠子却滴溜溜地转，透着一股子无赖劲头。他上身穿一件宝蓝底带黄白大花的衬衫，领口还很潇洒地敞开着，正衬着两条长长的金链子，一粗一细，挂在脖子上；下身穿一条黑色西裤，腰间扎着亮色的黑皮带，中间老大一个皮带扣，闪闪反着金属光；脚蹬一双尖头黑皮鞋，却光着个脚脖子，看来是没穿袜子。这么一看，他还真有几分"土大款"的派头。

这毛二贵正坐在自家屋门槛上，一副气定神闲的样子。他一只手里拎着一只褪干净毛的白条鸡，另一只手指着对过，高声说道："'东方不败'，这才哪到哪儿啊？祖宗十八代，这还差不少呢。不过瘾，你接茬儿骂呀。"

对门院里站着的，正是"东方不败"何翠姑。她看上去三十岁左右，个头可真不矮，估摸着得有一米七了，身材不胖不瘦，十分匀称。就是农村妇女成天干活，免不了风吹日晒，皮肤说不上白净，但她生就一张鸭蛋脸，细眉大眼的，整个人看上去颇有几分精明俏丽。

这时候，何翠姑正叉着腰在那大口喘气，估计是刚骂完一阵，正换气呢。一听毛二贵还出口讽刺，她又扬起脸来，一跳脚，指着毛驴骂道："死毛驴，你还真是不要脸啊！"

毛二贵"嗤"地冷笑了一声，说："脸？脸多少钱一斤啊？我要，你有吗，给咱约两斤呗。"

何翠姑还没接上话，毛二贵又说："骂完了吗？还有货没？要是骂完了，可该我说两句了啊。"

说着他站起身，走到院墙边，对着看热闹的村民，先扯了扯自己的衣服，又指着胸口的金链子，说："大伙儿都瞅瞅，咱这一根链子，就能买下全村的鸡！我毛二贵是什么人？能偷她一个小寡妇的鸡？"

何翠姑一听，气得哇了一声："你个不要脸的，鸡就是俺家的！"

毛二贵转过身来，朝着何翠姑晃了晃手里的白条鸡，说："你的？怎么就是你的了，你有记号吗？"

何翠姑说："你娘的，毛都让你给拔光了，还能看出个啥记号？"

毛二贵咧嘴一笑，说："别这么说啊，你'东方不败'眼那么毒，有啥看不出来的？"说着，他转向看热闹的村民，拍了拍手里鸡的屁股，挑挑眉毛，眨眨眼，说："大伙儿瞧瞧，这又是大白腚，又是大长腿的，谁能认不出来啊？认不出来，那还得了？随便是个人脱了衣裳，还不就钻被窝了？"

众人听出了毛二贵的言外之意，爆发出一阵哄笑，不知道是谁在人群中咋呼了一句："二贵，小心今晚上有人钻你被窝啊。"

毛二贵瞄了两眼何翠姑，得意地拍拍胸膛，说："没事儿，我二贵身强体壮，咱不怕这个！"

众人一听，又是一阵哄笑。

何翠姑再泼辣，也是个女人家，一听毛二贵话里有话，净扯那下流的意思，恼羞不已，嘴里大声喊道："死毛驴，今天俺跟你拼了！"说着冲出自家院子，跑到毛二贵院门口，作势要跟毛二贵厮打起来。

那边毛二贵把鸡一扔，丢在院里的土灶台上，说："行啊，来来来，驴爷今天就陪你练练。"话音未落，他就脱掉衬衫，光了膀子，摆个香港功夫片黄飞鸿的架势，一副要认真接战的劲头。

这下子何翠姑可有点下不来台了。她这"东方不败"是人家给起的外号，又不是真的武林高手，她平时擅长的是骂功，可不是武功。虽说她在村里跟人争执时总能占上风，但那多半是仗着一般人不好意思跟一个小寡妇争斗，不是什么要命的事，不会太跟她较真。

何翠姑可没想到，今天她竟然在"骂战"上完全占不到毛二贵的便宜。她不甘心认输，才摆出了动手的架势，就赌一般人都讲究个"好男不跟女斗"。但她更没想到的是，这死毛驴居然真脱了衣服要干架，这可有点难办了。毛驴可不是一般人，是村里有名的无赖，动手打妇女的事说不定他真干得出来，那她何翠姑今天就要吃大亏了。

何翠姑又恼火又有点害怕，情急之下抄起靠在墙边的一把锄头，举在手里，嘴里叫嚷着："你干什么？真要动手？"

毛二贵看着何翠姑，轻蔑地摇了摇头，说："打人？咱可是有素质的人。"说着，他收起了功夫架势，手往皮带扣上一掰，解开了裤腰带，慢条斯理地把裤子褪了下来，全身只剩下一条大花裤衩。

何翠姑一愣，这是要干啥？她还没反应过来，就看见毛二贵往地上一坐，还躺了下来，一手护着胸，嘴里夸张地喊了起来："快来人哪，快来看啊！非礼了！举着锄头要对小鲜肉来硬的啊。"

围观群众一见这戏码高潮迭起，更加兴奋了，在旁边齐声起哄。这下何翠姑可真气疯了，举起锄头就要往毛二贵脑袋上砸，嘴里骂道:"死毛驴,打死你个不要脸的!"

林大为一看这情形,大吃一惊,心想坏了,这可真要出事。他赶紧拨开前面的人,一边往外挤,一边喊道:"住手!"

* * * * * *

就在这时,从毛二贵屋里蹿出一道小小的人影,像条小野狼似的直扑过来,抱着何翠姑的大腿就咬了下去。

何翠姑手里锄头作势往下砸,又不敢真的一下砸到毛驴脑袋,正精神紧张绷着一股劲,冷不防大腿上一阵剧痛。这一下,疼还是其次,主要是吓得真不轻。何翠姑嘴里"嗷"地叫了一声,条件反射似的丢开锄头,一把推开扑在她腿上的人。惊魂未定中,她低头一看,只见一个七八岁的小女孩被她推倒在地上,仰面朝天,还恶狠狠地瞪着她。

这小女孩扎着两条小辫儿,圆脸,圆眼睛,白白嫩嫩,穿着一身粉红色的小裙子,拾掇得又干净又漂亮。何翠姑心里暗暗叫了声"不好",这是毛二贵带回来的闺女。现在不管城市农村,孩子都金贵着呢。大人打架还好说,这要把人家孩子摔个好歹,毛二贵恐怕真要跟她拼命了。

何翠姑一时慌了神,不知是先说点什么好还是先去扶孩子。毛二贵慌忙从地上爬起来,脸色铁青,两步跑过去抱起小女孩,一边打量一边忙不迭地问道:"樱桃儿,摔哪儿了,疼不?"

毛樱桃人小重心低,摔这一下只是屁股有点闷疼,并没受什么伤,她抓着毛二贵的手,兀自气哼哼地瞪着何翠姑,说:"爸爸,这坏女人欺负你,我帮你打她。"

毛二贵拍了拍闺女衣服上的尘土，转身从墙角抄起耙子，冲愣在那儿的何翠姑发狠道："敢打我闺女，老子今天揍不死你！"

这时，林大为已经挤到跟前，一把抓住毛二贵，喝道："毛二贵，住手！"

何翠姑回过神来，看到林大为仿佛看到了天降救星，急忙抢过几步，躲到林大为身后，带着哭腔喊道："林书记，毛驴他要杀人啦，你可得给俺做主啊。"

毛二贵见状，把耙子挂在地上，歪着头，一脸坏笑地上上下下打量着林大为："哟，咱村儿啥时候蹦出个林书记？我咋没听说？咱老书记呢？"他眼珠转了两转，又冲着何翠姑说："哟呵，我知道了，何翠姑，这小白脸八成是你相好的吧，你这是找着撑腰的了，跟我抖威风啊。"

不知道什么时候，"大喇叭"也挤进了院子，一听毛二贵说这难听话，就冲他嚷道："毛驴，可别胡咧咧，林书记是市里派下来的第一书记。"

毛二贵不理会"大喇叭"，径直走到林大为面前，说："市里派的？咱走南闯北，什么人没见过，省里的大官咱也见过，市里头的怎么了？市里头的就不讲道理了？"

林大为忙缓和气氛，笑着说："毛驴，不，二贵兄弟，咱们讲道理，不管哪里的，都得讲道理。有话好好说，可不能动手。"

毛二贵哼了一声，不紧不慢地拾起刚才何翠姑丢下的锄头，连同手里的耙子，都重新放回院墙边靠着，一边说："行啊，林书记既然是市里的官儿，那就给评评理、断断案吧。"

林大为还没开口，何翠姑从他身后走出来，抢着说："林书记，毛驴他偷俺家的鸡！"

毛二贵横了她一眼，说："哼，恶人先告状。林书记，你别听这寡妇造谣。等下，我穿了衣服，咱一块去那边看看。何翠姑，你别走，今天还非要跟你把理讲清楚！"

毛二贵把衣服裤子都穿齐全了，先把闺女毛樱桃抱回屋，让孩子好好跟家等着，然后捡起扔在院里灶台上的白条鸡，领着林大为出了院子，绕到自家屋后。何翠姑跟了过去，在周围看了这半天热闹的村民们，也下墙的下墙，下树的下树，三三两两跟了过去。

毛二贵家屋后，是一片不大的菜地，里面有一棵枣树，一棵梨树，眼下刚刚挂了青绿的小果子。地上种着几畦绿苗苗，看起来刚栽上没几天，应该是毛二贵回家刚栽上的。

林大为疑惑道："二贵兄弟，怎么个情况，你说说？"

毛二贵晃了晃手里的鸡，指了指菜地和果树，说："林书记，你看，这是我家的地，又是果儿又是菜的，就算这是她家的鸡，可天天溜达到我家地里叼食吃，算咋回事？这叫侵犯私人财产，等于盗窃罪啊。就算不判刑，那也得赔偿我损失吧？"

林大为听了，真有点哭笑不得，合着就为了这点芝麻粒儿大小的事，也值当打起来？但调解群众矛盾，可不敢这么直说，他笑着劝二贵说："二贵兄弟，你这么多年也不在家，这鸡在地里刨点食儿，也是常有的事，大家街坊邻居的，不至于哈。"

毛二贵眉毛一拧，抬高了声调："林书记！你还真是向着这个小寡妇，说你们俩要是没点那事，还真是冤枉你们了。"

这无赖话说的，真是秀才遇到兵，让林大为不知如何招架，多亏"大喇叭"吼了一句："毛驴，你瞎说啥呢？有理你说理，别扯这没用的。"

毛二贵说:"行,林书记还有大家伙儿都瞧瞧,有她这样的街坊邻居吗,连个招呼都不打,就放鸡进来糟蹋东西。何翠姑我问你,你自家的菜园子你舍得放鸡吗?别人家的东西,你不心疼是吧。人吃的东西,你闭着个眼喂鸡,你意思是,我毛二贵还不如你家的鸡金贵?"

何翠姑不服气地说:"林书记,毛驴回来这才几天?原先这地一直荒着,哪有什么菜?我的鸡也就是在这溜达溜达,刨点虫儿吃,他能有几个钱的损失?他就是想讹我的鸡!"

林大为觉得这事还是先从情理上讲起,就对毛二贵说:"二贵兄弟,你的经济条件看着又不差,要是也没多大损失,这点事就算了吧,一个村儿里,大家抬头不见低头见的。"

毛二贵依然不肯松口,说:"林书记,咱是讲理的人,一码归一码,不管我这地里有什么,那都是我的个人财产,个人财产国家法律都保护,你个有文化的人,你能不知道?再说了,好比你跟城里租房子,你要是租个空房子,难道就不交房租了?她拿我家菜地当养鸡场用,难道就不该算算占地费?"

听了这话,林大为心道,好嘛,这毛二贵在外十来年,还真是开了眼界,讲起理来一套一套的,让人既不能说他对,也不能说他不对。

只听毛二贵歇了口气,又接着说:"林书记,今儿咱就算算这占地费。何翠姑她跟我家放鸡不是一天两天了,得十几年了吧?好,大家街坊邻居,抬头不见低头见,我给打个折,算十年整,一年占地费五百块,不算多吧,十年就是五千。看在林书记的面子上,我再给你打个八折,十年算你四千块,够意思了吧。何翠姑,你今天只要把这占地钱结清了,鸡啊,我包赔!"

听了毛驴这一番计算，周围看热闹的村民可有点不淡定了，心里直叫："乖乖，这毛驴真能算计，居然给算出这笔账来，四千块钱换一只鸡，怪不得他发财。"有几个老成人看不过去，连连摇头，有几个家伙却跟着拱火，在一旁拍着手让何翠姑"结账"。

林大为不由苦笑，心想，毛二贵，你可真行，这个账能结么？但话说回来，何翠姑确实占了人家便宜，肯定免不了表示一下，哪怕给人道个歉呢。等双方都表了态，就容易调解矛盾了。于是，他看看何翠姑，问："翠姑啊，你看这事儿……"

没想到，何翠姑像泄了气的皮球，懊恼地摆了摆手，说："算了算了，这鸡俺不要了，权当喂狗了。"说完，她就低着头，匆匆走回自家院子，"嘭"的一声关上了大门。

毛二贵见状，得意地笑了，转头跟林大为说："看着没，林书记，理不讲不明，事一讲就通！"他又晃了晃手里的白条鸡，招呼说："林书记，要不吃了再走？"

林大为无奈地摇了摇头，说："二贵兄弟，吃人的嘴短，拿人的手软，你这饭啊，我可不敢吃。没事儿就好，我先回了。"

毛二贵笑着说："成，林书记，那我就不送你啦。"说着他拎了鸡，往自家走去。周围看热闹的村民一看何翠姑认了怂，也都散开，各自回家去了。

一进自家院子，毛二贵就看见闺女毛樱桃坐在屋门口，双手托着小脸，正眼巴巴地等着。他忙快步走过去，拉起孩子，说："樱桃儿，饿了吧？爸爸马上给你炖鸡吃。"

毛樱桃点点头，说："爸爸，那我先去擦桌子。"毛二贵摸摸孩子的头，夸了她一句，就到灶台边麻利地把那只白条鸡大卸八块，简单加了点佐料，放进锅里炖上。

第一章　毛驴回村　27

他进屋时毛樱桃正拿着块抹布，使劲地擦桌子。那是一张20世纪80年代流行的老式写字台，紫红色，桌面下有三个扁扁的抽屉，一大两小。毛二贵记得，这桌子比自己年纪大，还是当年老爹娶媳妇时置办的家当，这么多年下来，漆面都掉得差不多了，斑斑点点的，还沾着不少怎么也擦不净的陈年污渍。

"樱桃儿，看把你干净的，别擦了，擦不掉的。快去洗洗手，一会儿吃饭了。"

毛樱桃答应着，把手里的抹布挂到门边的脸盆架上，去院里水龙头下洗手。毛二贵在屋里转了转，在一张小矮凳上拾起一本书，是小学一年级的语文课本。他把书在手里胡乱翻了几页，对毛樱桃说："乖樱桃，今天又学习啦？"

毛樱桃洗好手进了屋，说："嗯，我都学到第十四课了，爸爸，你考考我吧。"

毛二贵挠挠头，笑着说："我樱桃儿真厉害。哎呀，爸爸认的字也比你多不了几个，可不敢考你。"

毛樱桃闻言也笑了，两条小辫儿得意地晃了晃。毛二贵却没笑，眼神突然黯淡了一下，把课本交到孩子手里，说："樱桃儿，别着急哈，爸爸过几天就想办法，让你上学去。"

毛樱桃高兴地说："好！学校里好多老师和小朋友，下课一块儿做游戏，可好玩啦。"

毛二贵看着兴高采烈的孩子，笑着说："好啦，鸡快熟了，闻到香味没？拿碗拿筷子，咱把'东方不败'的鸡给消灭掉。"

说话的工夫，毛二贵把炖鸡块儿盛到一只大碗里，屋中间支起一张折叠小饭桌，爷儿俩坐下吃饭。毛二贵先挑出两根鸡腿，夹到闺女的碗里，又捡着大块的鸡肉继续往闺女碗里放。

毛樱桃捧着碗,说:"爸,我吃不了这么多,你也多吃点。"

毛二贵坚持把肉按在孩子碗里,说:"咋吃不了,听话,都给我吃了。小孩儿长身体,就得多吃,以后才能长大个儿。你看爸爸,就是小时候没吃好,你可不能跟我似的。"

爷儿俩很快吃完了饭,把碗筷收拾了。毛二贵让孩子回屋玩会儿,自己坐在屋门口,脸朝着院子,从口袋里摸出一根烟点上。

六月天长,此时太阳还挂在远处的山头上,映出半天红霞,各家各户都在张罗吃晚饭,村子里升起袅袅炊烟,在半空中盘旋着。毛二贵出神地看着远处的夕阳,仿佛在琢磨着什么事情。一会儿,他嘴里长长地吐出了一口烟,心里暗暗地打定了一个主意……

第二章 第一书记

话说林大为从毛二贵家出来，心里就不像来时那样着急了，他慢慢踱着步，往村委会走。渐渐西斜的太阳，把他的影子拉得很长，他心里的念头也翻翻滚滚，跑出去很远。来云蒙崮村前前后后的经历，像走马灯似的，一幕接着一幕在他的脑海里浮现。

起先他还在琢磨着刚才见到的"毛驴"，心里想着老书记说的那些往事，今天看了一阵，感觉他倒也不像什么大奸大恶之辈，顶多是社会上混得久了，沾了几分油痞气。这也没办法，俗话说，一样米养百养人，别说在农村，就连大学生群体也不能要求人人都是谦谦君子、道德模范啊。毛二贵在城里挣了钱，想要回家乡显摆显摆，也是一种正常心理，谁还不想衣锦还乡呢。

所以说，对毛二贵回村这件事，老书记恐怕是有点过于担心了。毛二贵这次回来，还真不一定是坏事，这人在外省待了这么多年，多多少少也该有点能耐。先富带动后富，先富之人的致富模式和经济联系是其中的重要因素。毛二贵这个先富之人，不管主观上意愿如何，客观上很可能在村里的扶贫工作中起到积极作用。

不过，今天太不凑巧了，初次见到毛二贵，却赶上邻里纠纷这么个尴尬场合，面儿是见了，底儿却没摸到。想到这儿，林大为决定，明天看看老书记张仁义有没有空，跟他说说今天的见闻。如果老书记愿意的话，两人可以一起再去毛二贵家，仔细地跟他聊聊，了解下他回村有什么打算。

在农村基层工作就是这样，事情琐碎、麻烦，还免不了有反复，但事事都不能马虎大意。

说实在的，林大为这个人并不怕做琐碎和细致的事儿，工作这几年，早都习惯了。下乡之前，林大为在市委综合科工作，这个科室负责办理省里调研、督察等部门的来文来电，还要草拟、审核市政府及其办公室下发的各类文件，整理市政府各类工作协调会的会议记录和会议纪要。这些工作要求精细，可马虎不得，别说文字上千万不能出岔子，连标点符号都得保证准确。

林大为学历不算高，大专毕业后自考本科，起先在化工行业做行政和人力资源方面的工作。三年后，他从企业辞职，参加公务员考试，由于成绩优异且有相关经验，被分配到了市委综合科。

在综合科工作这几年，他表现一直不错。时间啊，真是过得飞快，一晃他已经三十出头了。有一天领导突然找他谈话，开始只是一般性地问了问工作情况，最后说希望他能进一步深造，读个在职研究生。林大为听明白了，这可不是嫌他学历低的意思，而是组织考虑提拔的可能。出了领导办公室，他就打电话跟爱人周萍说了这个事，周萍非常高兴，表示家里的事她全包了，要他专心准备学习。

但最终，林大为并没有去上学，而是下了乡。

就在林大为积极准备报考研究生的时候，市委开了一个讨论会兼动员会，议题是在各科室中选拔几个青年干部，到本市下辖的几个贫困村担任第一书记，任期原则上定为两年。林大为毫不犹豫，第一个在会上报了名，申请到扶贫一线去。当时有几个村子可以选择，林大为选了其中的老大难——云蒙崮村。

对于他的选择，组织上非常赞赏，表示优先考虑派他下乡。但林大为的爱人周萍可就不那么赞赏了。

林大为清楚地记得，报完名当天回家跟周萍一说，周萍那个脸色啊，气得都发绿了，连连骂他"抽风"。周萍不乐意林大为下乡，不是没有理由的：他俩的女儿眼看就要上小学，周萍又是市报的记者，赶上忙起来的时候，下班根本没个准点儿，有时还要出差到外地采访。林大为这一下乡，最少要在村里扎两年，其间家里大大小小的事，谁来照管？

在单位里，同事们都知道林大为是出了名的怕老婆，对此，他不以为耻，反以为荣，还捏造了一句名言："家大业大，媳妇儿最大！"家里的事情，常常是林大为提议，周萍最后拍板。但这一天，情况就不同了，林大为说什么也要说服周萍，把她统一到自己的战线上来。

于是，在周萍发火的时候，林大为先跟旁边赔笑脸，等周萍抱怨完了，他赶紧给媳妇倒上一杯茶，自个儿小心翼翼地在旁边坐下，一边给媳妇捏肩捶背，一边向她解释，自己为啥选择下乡扶贫。

林大为说，自己从上学改成下乡，主要有两个原因。第一条，可以说是主要原因，比起读研究生，去农村下基层更能了解实际，更能锻炼本领，将来才能担负更大的责任，胜任更重要的岗位。第二条原因，不妨叫直接因素，前些日子，市委组织参观了孟良崮战役纪念馆。

当时周萍就问："第一条不用你多说，我也明白。你就说说这第二条，参观纪念馆和你下乡扶贫有啥关系？"

林大为说："媳妇儿，你知道孟良崮战役吧？1947年5月，华东野战军在陈毅、粟裕的指挥下，经过浴血奋战，于孟良崮一举歼灭了国民党精锐部队整编七十四师及援军一部，一举扭转了华东乃至全国的战局，在党史军史上占有十分重要的地位。"

周萍打断了他："说重点，你这讲起历史课来，还不得讲到天明了。"

林大为说:"是,马上就到重点了。想当年,我军围困了国民党张灵甫部队,但国民党援军也形成了对我军的反包围,敌我力量对比是二比一,我们凭什么以少胜多,取得了最后的胜利?"

周萍说:"中学历史课都学过,这还用说吗?解放军什么战斗力,国民党什么战斗力?"

林大为说:"战斗力的根源在哪里?就说这孟良崮战役吧,胜利是怎么来的?是老区群众用独轮小推车推出来的。整个孟良崮战役期间,沂蒙老区支前民工高达九十二万余人,平均每个战士身后有三四个老乡提供保障。你想想这个情景:前方,解放军战士冲锋陷阵、前仆后继;身后,浩浩荡荡的民工用小推车抢运弹药、救护伤员、端水送粮。这笔账一算,敌我对比就从二比一翻成了一比二,什么叫惊天逆转?这就叫惊天逆转!"

周萍说:"又扯远了啊,你以前又不是没去过孟良崮,小时候,咱市里哪个学校清明节没组织学生去孟良崮?这跟眼前的事儿到底啥关系?"

林大为说:"是,小时候就去过,当年还不叫孟良崮战役纪念馆,叫烈士陵园。说实话,那时候年纪小,不懂事,说去给烈士扫墓,心里其实净想着春游了。唉,真不好说受到多大的教育。现在的孟良崮战役纪念馆是2007年改造的,我还是头一次去参观。纪念馆里展出了丰富的历史资料,我都细细地看了,这次的感受和小时候相比,那真不可同日而语。

"你知道吗?支援前线的群众,可不只青壮年男人,而是老弱妇孺齐上阵。我看资料说,在一次战斗中,汶河上的木桥被敌机炸断,是几十个妇女奋勇跳进冰冷刺骨的河水中,扛着门板架起了'人桥',用血肉身躯支撑起几千名战士奔向战场。战斗最激烈时,炮兵连长施夫俊奉命前去摧毁敌军指挥所,但在地图上怎么也找不到具体位置。焦急万分之际,一位老大娘冒着枪林弹雨来到阵地,准确地指出了目标位置。

"哎,有一段当年的视频,我觉得挺有意思。那是美国战地记者西奥德·怀特,讲述他当年的一段亲身经历。他说,1947年的时候,他跟着三个国民党士兵在沂蒙山区里走,人困马乏,眼看没吃没喝了。好容易来到一个村儿里,国民党士兵就找到老乡说,他们是八路军,让给弄点草料和水,老乡很痛快地就给他们了。这记者感到很惊讶,想说他们不是八路军啊,一名士兵让他别吱声,偷偷告诉他,在这里必须冒充八路军,要是知道他们是国民党,老乡才不给他们东西呢。"

听到这里,再笨的人也大概能猜到林大为的思路了,何况周萍是个记者。她知道,林大为说这一大篇铺垫,意思肯定是革命老区人民对党和国家作出过巨大贡献,不能忘了他们。她也知道,林大为平时好像"怕老婆",可关键事情上一旦拿定了主意,拦是拦不住的。这个云蒙崮村啊,估计他是去定了。

她刚要开口,就听林大为的语气变得激动起来,大声说:"今天,国家日益繁荣,咱们的生活越过越好,但革命老区的人还在受穷,要饮水思源啊。只要是个中国人,心里能过得去吗?何况我还是党员干部!几十年前,老区人民帮助我们党打赢了孟良崮战役,现在,我们要帮贫困群众打赢'脱贫战'!我这次要去的云蒙崮村,相当于脱贫战役当中的一个堡垒,我一定要争取在最短时间里,把这座堡垒攻克下来!"

周萍说:"哎,你这嘴上激动,下手也重了哈,捶死我了,快别捶了！好啦，去吧，这要不让你下乡，我还不配当中国人了呢。"

林大为一听，连忙起身，给周萍敬了个礼，笑着说："谢谢媳妇儿支持！"

周萍说："别光顾着一腔热血，我得提醒你一句，村儿里可比机关更难待。那里人文化不高，人际关系也不简单，到时候可有你头疼的。"

林大为说："没关系，我都找好'高参'啦。"

* * * * * *

林大为说的"高参"，是一个微信群，叫"第一书记群"，群里有三四十位第一书记，分布在沂蒙山区大大小小的行政村里。在准备下乡的那段时间里，只要群里有人说话，林大为就仔细地听，吸取经验，有些不明白的问题，他也主动提问，听听大家的想法。

群里的第一书记们，通过学习"精准扶贫"政策和总书记重要讲话精神，又联系各人在各村的实际经验，总结出了"三轻三重"工作法，林大为觉得很有道理。

这"三轻三重"，指的是"轻表册、重应用；轻考核、重发展；轻政绩、重实际"。具体怎么讲呢？

轻表册、重应用，就是在贫困村摸底建档的时候，不要把填表造册当重点，而是要重视对档案资料的实际运用。

轻考核、重发展，就是在考察和调研的时候，不要老纠结过去的失误或者成功，要把根本目标对准到当地的发展上。

轻政绩、重实际，意思就是首先要对群众负责，决不能光想着对上级负责，把上级意见简单化理解、机械化执行，一定要亲身体察所在村的实际情况。

林大为觉得，他身后上有国家政策指导，下有"高参"支招，两年时间，足够他为贫困群众实实在在做点事情了。

报名之后，不到半个月，组织任命就正式下来了，林大为带着从"第一书记群"里学到的经验，又下功夫做了一番前期调研，信心满满地来到了云蒙崮村。

不过，他并没有照搬"高参"的理论，而是根据自己的前期调研，结合全村摸底、建立档案等工作，逐渐形成了自己的独家理论，还给它起了个名，叫"铺路理论"。

林大为觉得，扶贫工作最难的地方，是把人扶起来之后，怎么能不再倒下去，即"脱贫"不能再"返贫"。而且，还有一个贫困户标准带来的现实问题。打个比方说，家庭年收入在三千元以下的算是贫困户，那年收入在三千一百元的，生活就不困难了吗？这部分在贫困标准线附近的边缘户，怎么办？符合标准的贫困户得到国家补贴，经济上一下子超过了边缘户，边缘户反而成了新的垫底群体，那他们一对比，心里会怎么想？会不会觉得不够公平？可以预见，这种形势肯定会给干群关系和村里风气造成不良影响。

所以说，林大为认定，第一书记在把握"精准扶贫"的政策红利和使用国家专项资金时，眼睛不能只盯着标准划定的贫困户，也不能光是给他们发钱、找工作这么简单，而要用整体和长远的眼光，一体化地给所在的贫困村解决问题。因此，自己这第一书记，要给村子铺好三条路，只要走上了良性循环的道路，将来自己离任后,村子也能自发地继续发展。

究竟要铺哪三条路呢?物理路、经济路和思维路。

物理路,说起来很简单,就是一条高质量的进村公路,有个成语说得好,"穷乡僻壤",偏僻往往是贫穷的根子,首先要把交通问题解决了;经济路,要让村里的劳力和产品,与外界的资金实现顺畅交换,让小农经济转化为商品经济、市场经济;思维路,最可怕的闭塞往往不是地理上的,而是思维上的,要让贫困村的人跟现代社会的发展思路接上轨,才能分享到国家整体进步带来的好处。

这三条路有一定的内在关系,前一条路能为后一条路提供坚实的基础,在实现上,也就顺理成章地有了工作次序和方法。拿打仗来比喻:修第一条物理路,好比前锋战斗,讲究速战速决;修第二条经济路,好比攻坚战,要全线推进、多点开花;修第三条思维路,相当于收尾战,目的在于巩固成果,彻底转变贫困村的精神面貌。

理清了思路,林大为自然就把前期工作重点,放在了修建进村公路上。他估摸着,这也应该是相对来说最省心的一项工作。

林大为从小生活在城市里,一出门就是大马路,一点儿也不觉得一条路有什么稀奇的。工作后,他对于城市里修建道路的流程,有了更多的了解,知道修路背后还有很大的学问。不过,总体来说,修路算不上特别困难的事情。比如说,修建市政道路,一般分这么几个步骤,首先向上级部门申请道路修建项目,再按照法规,向相关路政管理部门报批,然后国土资源部门进行建设项目用地预审,通过后,就可以招标和施工了。在农村修路的话,所需资金原则上由国家财政和省市县各级财政一起承担,如果仍然有资金缺口，征得农民同意后，可以由农民出钱补足，其他流程基本上大同小异。

对云蒙崮这样的贫困村，各级政府的支持力度就更大了，还有扶贫办的国家专项资金来兜底保障，几乎不需要村民掏什么钱，只在必要的时候，由村委会组织村民做一些配合工作，比如清障、洒水、填土等。

但是林大为没想到，这修路的过程，比他预想的可费劲多了。从准备申请立项材料开始，到路最后修成，各种麻烦和争论接踵而至，就没断过。

比如，对于修一条什么样儿的路，老书记张仁义和林大为的想法就不一样。

农村的路，不外乎三种，柏油路、水泥路和泥土路。泥土路不用说了，所谓"走的人多了，也就成了路"，顶多在农闲时节，村里组织平整一下路面。这样的路，也就聊胜于无吧。林大为在调查农村修路的注意事项时，还从互联网上了解到，在南方的贫困山区有这么一句谚语："晴天一片红，雨天一包脓"，说的就是泥土路的尴尬。

云蒙崮村这次修路，肯定是柏油路或者水泥路二选一呀。

当时，林大为和张仁义召集村里几个党员，在村委会办公室开了个小会，征求大家意见，讨论确定修路方案。会上却出现了意见分歧，林大为倾向于修柏油路，而老书记张仁义认为，应该修水泥路。村里的几个骨干分子，半数赞成林大为，半数赞成老书记，大家眼巴巴地坐在那里，就等着新老两位书记最后拿定一个主意。

对老书记的意见，林大为真有点想不通了：柏油路的规格可要比水泥路高，现在国家全力支持，为什么不把握难得的机会，修一条漂亮的柏油路呢？按道理说，柏油路不是比水泥路更结实、更耐用吗？于是，他耐心地把柏油路的特点和几种等级，又给大伙儿好好科普了一番。

张仁义仔细听完，说："林书记，我咋能不知道柏油路好呢？也不是我觉悟高，一心要给国家省点钱什么的。这里头有几个困难，我给你摆摆。第一个，咱们村可是迫切需要一条公路啊，那柏油路投入大，工期长，不是耽误事儿吗？再说，村里修路可不像你们市里，直接封闭施工，村里人每天都要进进出出的，时间长了，我怕他们再给闹出点岔子来；还有啊，柏油路那么高级，如果后面哪段儿坏了，村里自己咋修啊。水泥路嘛，我们自己捣鼓点水泥，抹抹不就行啦？"

林大为听了，在心里好好合计了一下，对张仁义说："老书记，你说的确实有道理！不过呢，咱们不能光看眼下的困难，还得算算长久的好处。你看，现在农村发展越来越快，这是个大趋势，将来咱们村搞起产业振兴，那车流量、人流量不知要翻几番。不说小车，光那些拉货的重型大卡车，来来回回，两年不就把水泥路给压坏了？

"到时候，一年水泥路，二年石子路，三年成土路，那不白搭工夫吗？我跟别的村了解过情况，他们说，水泥路破损严重的地方，还不如土路呢。土路，村民自己还能用铁锹给平平，只要别下雨，走起来也还凑合。要是搞成水泥路不水泥路、土路不土路的，还老得去重修，乡亲们没法安稳出门，更要抱怨咱们瞎折腾了。长痛不如短痛，咱们不如一步到位。"

张仁义还是担心，说："那柏油路要是坏了呢？村里咋修么？"

林大为笑着说:"老书记,你不用担心这个。正常使用的话,哪怕最低级别的柏油路,也至少七八年不用重修。而且,一旦通了柏油路,施工队那些大型机械不是更容易进来了吗,将来不怕没有专业的维修。资金方面,政府有财政预算,再说,只要这条路能让村里脱了贫、致了富,将来就算咱们自己补点儿钱翻新,也不成问题啊。"

张仁义听了,默默地琢磨了一会儿,觉得确实也是这么个道理。他朝在座的各位点点头,跟林大为说:"林书记,我建议咱们这么着,综合考虑利弊,进村主路修柏油路,村里的支路修水泥路,你说好不好?"

林大为拍板道:"好,老书记,咱们就这么办!"

* * * * * *

随着"轰"的一声巨响,云蒙崮村千百年来的宁静,被彻底打破了。那是筑路施工队爆破山体的声音。

尽管施工队做足了安全防护措施,还是有少量碎石逃过防护网的拦截,飞到村头几户人家的屋子上,好像天上落雹子一般,"啪啪"地砸到屋顶上。这下子,村里人可坐不住了,非但村头那几家,连不受影响的人也结伴拥到村委会里,群情激动,团团围住了林大为和张仁义,喊着要讨个说法。

新老两位村支书正在小会议室里商量成立农业合作社的事情,一听外面人声嘈杂,赶紧走出来,只见一楼大厅里站满了人,七嘴八舌地嚷嚷着,乱哄哄的。

张仁义有点生气,做了个手势要大家安静,问道:"干啥呢?

都来吵吵啥？"

老书记在村里还是有威信的，一看他生气了，大家不自觉地都闭上了嘴。村民二虎从人群里站出来，说："老书记，林书记，修路就修路，咋还炸起山来了？这么多碎石头，把我屋顶砸漏了，谁赔钱么？"

张仁义说："山里修路，不炸山咋修？我说二虎啊，合着你家屋顶是纸糊的，几颗小石头儿就能砸漏？漏了多大的窟窿啊？我掏钱给你赔！"

二虎说砸漏了屋顶，那是虚张声势，一见老书记跟他较真，张了张嘴没出声，但脸上还是有点不服气。

林大为见状，拉了拉张仁义，意思是让他别发火，然后对村民们说："乡亲们，修路的事，不是早就全村通知过了吗？咱们要修一条宽七米的双向道，人家市里施工队勘察过了，说咱原先的山路太窄了，不炸山，哪来的空间修大路啊？"

村民们听了，互相看了看，嘴里小声嘀咕着。不知是谁突然在人群里喊了一嗓子："云蒙崮鬼神多，炸山惊了鬼神，大伙儿都要遭灾！"

张仁义一听，火气又上来了："这话谁说的？给我站出来说。"

村民们你看看我，我看看你，谁也没站出来。张仁义哼了一声，压住火气，说："鬼神，鬼神，咱村穷了这么些年，鬼神开过眼没？别说世上没鬼神，就是有，我看也活该把它们给炸了！"

林大为说："乡亲们，鬼啊神啊，都是些故事传说，没影儿的事。进村公路才是大家都能看见的实在事儿。这条路要是修好了，能给咱们带来真金白银啊。有了路，咱们种的东西才能运出去卖个好价钱。不知道大伙儿听说过没有，在南方的广西，有个叫荔浦的地方，祖祖辈辈种芋头。要是没路，那芋头运不出去，就只是个破芋头；可有了路，运到京城，那就成了乾隆爷的'御用贡品'，身价高了十倍不止。咱们种的东西比谁也不差啊，现在卖不出去，卖不上价，不就是因为没路运出去吗？"

村民们听了这话，一个个都不吱声了，确实，鬼神谁也没见过，人民币可是人人都见过。

林大为又说："就是在城市里修路，一开始的时候也会让大家觉得不方便，何况咱们在山里修路？可天下的事情，就跟咱种地一样，春天不遭点儿罪，秋天哪有收获？施工队的操作我看过，很正规，防护也都到位了，偶尔几个石子崩出来，那也是难免的，大家多体谅点儿。忍一忍，过了这几天就好了，说到底，这又不是为了别人，是为了咱自己啊。"

听了这话，二虎又第一个出头表态了，他说："林书记这么说，那俺就不要赔偿了。将来俺家的水果要能卖上十倍价钱，那也值了！"

听二虎这么说，好些人都笑了。有人说："二虎，你小子真是见钱眼儿就钻啊。"

林大为一听也笑了，说："二虎兄弟也没说错，该咱挣的钱就得挣。今天在场的乡亲不少，我有几句话得跟大家商量商量。"

有人在人群中喊道："林书记，那您就说呗。"

林大为说："这炸山开路，只是第一道工序，过不了几天，就要开始铺路基、铺路面了，那才是真正的苦活累活。施工队的师傅们大老远跑来给咱们修路，多不容易，咱们呢，也不能光看着，得组织人去帮忙，配合他们扫扫障碍、填填土，给人师傅弄点茶水啥的。各家门前那一段呢，先自己动手平整平整，过后铺路面就更快了。其实，这也不是给施工队帮忙，而是给咱自己帮忙，争取让这条路啊早日完工通车。"

村民们听了，都齐声说好。

张仁义放了心，跟大家说："好了，大家没事就都回家吧，回去把林书记说的帮忙修路的事，也通知其他人一声。"

众人答应着，渐渐都散去了。张仁义看着众人的背影对林大为说："唉，咱们农村群众啊，说精明也真精明，就是眼皮子浅，好些时候，精明不到点子上。"

林大为说："老书记，慢慢来吧，我觉得咱村的人，心里还是热，眼睛还是亮的，你看，一旦你把道理说明白，大家不是马上就理解了吗？"

张仁义点了点头，说："唉，但愿吧。"

接下来的一段日子，云蒙崮村仿佛给林大为的判断作了证明。

筑路施工队炸开山体，做了加固，就开始铺路基了。这片地区还好没有明显的地下水，路基持力层，采用灰土换填就可以。施工队开着挖掘机，把路的轮廓给勾画了出来，然后旋风机和压路机轮番上场，旋风机先松土，压路机再碾压基层。

这一段时间，村里有一多半人家都出了人力。张仁义带着男人们组成小队，拿着铁锹配合机器作业，或者洒水，或者清障，或者填土，干劲十足。妇女主任赵海霞，则组织起村里的妇女，两班轮换，给"前线"的施工队和劳动力送饭、送水。

路基铺好后，施工队先自检，然后上报监理和质检站，让指定实验室的人来做弯沉实验。在这个环节，林大为全程跟踪，每一步都仔细地看着，生怕有什么纰漏。这不能怪他太多心，弯沉实验的方法涉及不少人的主观判断，这一步是最容易做假的地方，主要是在承载车重上造假。如果不达标，路修好后，过不了多久就会产生不均匀沉降和路面开裂的现象。

林大为觉得，凡事与其事后追责，不如防患于未然。要是这路真出了问题，他不但没法向村里交代，更辜负了自己的初心。

好在经过实验验证，路基压实系数完全达标，修路工作也顺利进入沥青摊铺阶段，这是最能表现柏油路特色的阶段了——施工队从沥青搅拌站拉来一车车的沥青，摊铺机把沥青铺到路基表面，前前后后，总共铺了八轮。

云蒙崮村绝大部分村民，这辈子还是第一次见到沥青摊铺的情景，觉得很新鲜，纷纷跑出来看热闹。但他们看了不到半小时，就都受不了了，一边捂着鼻子一边笑着，又纷纷"逃离现场"了。

林大卫事先了解过，沥青这东西非常热，刚搅拌出来的时候，在130度左右。到了摊铺的时候，温度降了一些，但也有100度左右的高温，跟刚开锅的滚水差不多，非常烫。铺路工人们不论穿什么防护鞋，也避免不了危险，要是被沥青崩到了，非得严重烫伤不可。

铺这玩意儿还有温度要求，日均气温低于5度的时候不能摊铺，得停工等着气温上来。这也就罢了，最要命的就是那气味儿，村民们远远看着，都被呛得睁不开眼睛，铺路工人可真是辛苦，三班轮换，二十四小时不停地铺，那一个个被熏的，全身上下除了牙齿都是黑的。

亲眼见过这情景的人，要是不感动，那真是铁石心肠了。所以，摊铺沥青那一个多月里，云蒙崮村的氛围，异常团结，异常和谐。特别是在修路这件事情上，谁家多出力，谁家少出力了，根本没有人吵吵这些。见此情景，最高兴的当属老书记张仁义了，他每天都先到工地转一圈，再回村里转一圈，脸上笑眯眯的。

在全村的喜悦和期盼中，一条宽阔的进村公路逐渐成形了。

进村的主干道完工之后，施工队又进村，铺起了水泥支路，等这几条支路弄好，家家户户出门就是路，跟城里比也不差什么了。

张仁义心想，到底是林书记水平高，村里人的小农思想也不是那么根深蒂固嘛，人心都是肉长的，干部真心为群众干实事，群众看在眼里，还是能支持工作的。

没想到，他还没欣慰多久，村里就有人闹幺蛾子了，还是他的本家，张铁牛家。要搁过去，论起来，张铁牛还长他一辈，他得管人叫叔。

张铁牛死得早，家里事情都是张大婶做主。这位婶子，巾帼不让须眉，事事有她自己的主意，在云蒙崮村也算是一号难缠的人物了。张铁牛家门口正该通一条支路。眼看路快铺到她家门口了，张大婶觉得，这路面应该有个坡度。

本来路面修个坡度，并不算什么稀奇的事，哪条路在沿路纵向上，都常有个上坡下坡什么的。稀奇的是，张大婶要的坡度，是打横的，换句话说，她想让这路半边高半边低，那么个坡度。

为了表达自己的决心，张大婶特地叫儿子和本家两个侄子，拉了几车土过来，堆在自家门外，接着就把土夯实了，把地势抬高。这样，等铺水泥面的时候，她家门口就可以高出来了。筑路队的技术员在勘察的时候发现了这个情况，先过来劝了几句，让张大婶整改。张大婶立刻撒起了泼，把人家技术员骂个狗血喷头。技术员哪见过这阵仗，赶紧上报村委会，请村里自己解决这个事。

这也太奇葩了，林大为听说这个事，就跑去张大婶家问问是怎么回事。张大婶这次倒没敢骂人，但别的话也没有，反复就一句：如果不修这个坡，就不让从她家门口修路。

林大为实在搞不明白张大婶的思路，赶紧去找老书记商量，想请他出马，去问一问、劝一劝，可不敢耽误了修路。张仁义一听，心里直犯嘀咕，哪个村子都有几户刺儿头，这张铁牛家的就是其中之一，真不好打交道。但自己不去实在是不行，人家林书记一个文化人，哪能斗得过村里的泼老娘儿们？

咬咬牙，张仁义来到张铁牛家，只见张大婶已经在门口站着等了，也不知谁给传的信儿。他还没开口，就听张大婶说："老书记，你来想说啥，俺都知道了。你说啥也不好使，不给俺门口修个坡，大家就别想通这路。"

张仁义耐住性子，好声好气地说："咱们哪，都是一个祖宗传下来的，按理我还得叫你一声婶子。可婶子你得给我说说，到底为啥非得在你家门口修个坡？"

张大婶把头一扭，说："不为啥，俺就想要一个坡。老书记，我倒想问问你，修路是为人民服务不？俺是不是人民？这路是不是该为俺服务？"

这"灵魂三连问"一出，张仁义真不知道说啥好了。他伸手指了指张大婶，又猛地放下了，他心里明白，张大婶这么做必定有原因，而且是说不出口、见不得光的原因。既然她不愿意直说，那就自己看一看，找一找。于是，张仁义也不再跟她多啰唆,把双手背在背后,在张家屋门前这一段慢慢地转了几圈,四下察看。

转了一会儿,他突然看明白了,走过来对张大婶说:"我看出来了,你这是为的啥。你家门口垫高,下雨的时候,积水不往你这边走,全流到别家门口了啊。我说怎么有人要横坡呢。"

张大婶见张仁义识破机关,索性承认了,大声说:"我就要横坡,怎么着了?有本事,就别给修这条路,大家倒霉一块儿倒!"

张仁义一听,气得够呛,说:"你这是私心重,私心重啊!"

张大婶也不还口,就站在那儿一副"我就私心重,你能怎么着"的架势。张仁义没办法再说什么,气呼呼地一甩袖子走了,丢下一句话:"拖全村后腿!治不了你,我这书记还不当了!"

张仁义匆匆走回村委会,林大为正跟小会议室里等着他呢,两人一照面,林大为就问:"老书记,怎么样?张大婶家到底为啥非要路上修个横坡?"

张仁义叹了口气,说:"为啥?私心病又犯了呗。她是想让自家门口高,雨水不往自家门口流,都往别家流。这一下雨,她倒省心,别人家还不淹了啊。"

林大为说:"老书记刚才去这一趟,把她劝过来没有啊?"

张仁义烦恼地摆摆手,说:"劝不过来,这张铁牛家的别看是女的,心比男的还硬,认准的事谁劝也白搭。"

林大为一听,觉得事情有点棘手了,说:"这可麻烦了,人家施工队是有施工计划的,耽误不起。这可咋办,总不能叫人去张大婶家,硬把她门前给铲平了吧?这路难道真修不成了?"

张仁义一直眉头紧皱,但听到林大为说"路修不成"这几个字,突然心里一动,往大腿上一拍,冷不防把林大为吓了一跳。

林大为赶紧问:"咋了,老书记?"

张仁义哈哈一笑,说:"对!就按你说的,这路啊,修不成了。"

啥?这下子,林大为有点傻眼了。老书记别是气糊涂了吧,这条支路连着好几户呢,又不是张大婶一家,怎么能说不修就不修呢。

看到林大为一脸迷惑,张仁义跟他解释说:"林书记,我想了个主意,你看行不行。张铁牛家的不是不让修路吗,咱跟施工队商量,就先不修她家那一段,先紧着别的路段修。等全村的路都修好了,施工队要走的时候,家家门口通路,就她家那段没路,她自己就急了。就算她不急,邻近几家受她影响,也得跟她急起来。咱们党员干部讲素质,拉不下脸来跟她一般见识,她也就是吃准了咱们这一点。换成她那几家邻居,那招架不住的,可就是她咯。"

林大为明白了,老书记这是要采用心理战术和群众战术啊,他不禁笑了,说:"老书记,你觉得这样真能行吗?"

张仁义拍拍胸脯说:"能行!林书记,论别的我不如你,论各家脾气和关系,我心里还是有点儿谱的。你放心,真要出了啥事儿,我来顶着!"

林大为考虑了片刻,说:"行,老书记,我相信你的眼光,咱就按你说的办。"

当天,林大为就去跟筑路施工队说了这个情况,队长说这么操作并不困难,那就先留着张大婶家那段不修好了。

事实证明,老书记张仁义这一招"不修而修"还真管用。

村里的水泥支路铺起来要比柏油主路简单许多,水泥路面压平之后，两天就干透，能走人过车了。十几天之后，全村的支路差不多都铺好了，只有张大婶家前面还是坑坑洼洼的泥土路，显得格外扎眼。

这天，张仁义招待施工队的工人们到村委会喝茶、休息，让林大为陪着他们说说话。他自己则叫来了"大喇叭"，把特地买的一串两千响的挂鞭交给他，让他用竹竿挑着，到村口燃放。

然后，张仁义跑到广播室，开起真正的大喇叭，向全村通报了一条消息："乡亲们，注意了，现在播报一条好消息：咱们云蒙崮村的道路工程，现在胜利竣工啦，请大伙先放下手上的活计，到村委会前集合，感谢并欢送施工队离村！"

全村人听到这条广播，都挺高兴，只要手上没什么要紧活计的，都准备去村口送送人家施工队。只有一个人不高兴，不用说，那自然是张大婶。她一听广播就懵了，老天爷啊，还真狠心不给自己家修门前路了啊，这可咋办？正在她不知如何是好的时候，几家邻居又打上门了。

张大婶为人泼辣，可邻家的婶子大嫂们也没那么好惹啊。前些日子她们看着施工队的铺路走向，就觉得不太对劲，找来"大喇叭"一问，立刻知道了原委。本来大家也不是很着急，心想林书记是来给咱办事的，总说"一户也不落下"，还能真把这几户的门前路给落下吗？万万没想到，还真不给修了，这施工队马上就要回城，还能有假？

大伙儿立刻就急眼了，一听到广播就一窝蜂地冲到罪魁祸首张大婶家里，围着她直嚷嚷。张大婶又是理亏又是着急，都抬不起头来了。

后来，紧邻张大婶家的一个大嫂说："行了，说她也没用，咱得赶紧去村委会，把施工队拦下来。"另一个大婶一听，赶紧说："对，把张铁牛家的也拽过去，她作下的烂摊子让她自己收拾去。"说着，几个人就拉着张大婶往村委会去，让她给林书记、老书记赔不是，求施工队把路修了再走。

那天林大为第一次见识了农村妇女集体出动的情景，眼里只看见六七个婶子、大嫂，抓着张大婶，扯袖子的扯袖子，拽胳膊的拽胳膊，往自己面前带；耳朵里只听到各种词儿，什么"猪油蒙了心""一颗老鼠屎坏了一锅粥""求不成林书记，下半辈子你就别想安生"，声音此起彼伏。

林大为见状，想要赶紧迎上去劝阻，旁边有个人却一把拉住了他。林大为转头一看，原来是张仁义。只见老书记朝他眨了眨眼，脸上居然带着几分顽皮的神色。林大为立刻心领神会，偷偷向张仁义竖了竖大拇指。老书记微微一笑，轻轻点了点头，好像在说："山人自有妙算。"

张大婶蔫头耷脑地来到林大为面前，说："林书记，是我错了，耽误了村里的大事儿。您还是请师傅们给修好路再走吧。"

林大为还没开口，只听张仁义说："婶子，你家门前的坡……"

张大婶赶紧说："我不要坡了，我这就叫侄子们来把土堆铲走。"

林大为笑着对她说："张婶子，不用你动手，施工队有铲土机。"

旁边站着的几位婶子、大嫂一听事情有了转机，纷纷说："谢谢林书记，那就快点请施工队来铺路吧，我们几家都等不及了。"

接下来的事就不用多说了，当天，林大为和张仁义便陪同施工队，一齐开到张大婶家门前，把垫高的土堆铲平，铺上了光洁的水泥路面。

※ ※ ※ ※ ※ ※

想到那一天张大婶扒在自家大门上，眼巴巴看着施工队铲土，一副不甘心却又没办法的样子，林大为不禁"扑哧"一声笑了出来。突然，他又"哎哟"了一声。原来，他从毛二贵家出来，一路上脑子里过电影，脚下心不在焉，走到村委会小楼，在台阶上绊了一下。

"看我这脑子，一想起事来，还刹不住车了。"林大为觉得自己也挺好笑，摇了摇头，收拾起心思，走进了村委会。

一进大门，他突然想起来，今天周萍刚跟他说好，晚上要过来看他，下午让"毛驴大战东方不败"这一闹，差点给忘了。之前他想干什么来着？对了，要收拾一下宿舍。

想到这茬儿，林大为加快脚步，来到里间。他先把行军床上挂的蚊帐撩开夹好，把床角落里团着的几件衣服拿出来，丢到一个塑料盆里，把盆塞到桌子底下。接着，他又把桌上摊着的几本书收好，整齐地摆在桌子的一角。然后，他在屋里转了一圈，看了看这间十来平方米的小屋，好像也没什么可收拾的了，不如学习一会儿材料吧。

于是，林大为从桌上挑了份资料，在办公桌前坐下，手里拿支笔开始看。墙上的挂钟嘀嘀嗒嗒地走着，天色也渐渐暗了下来。

不知过了多久，他感觉窗外有一道光突然闪了一下，接着就是"嘀嘀"两声,有人在按汽车喇叭。一定是周萍到啦。

　　林大为赶忙收好桌上的资料,跑到村委会院子里迎接。院子里停了一辆轿车,周萍已经下了车,手里提着一个外卖盒向他走过来。她脸上笑吟吟的,调侃道:"林书记,好久不见,别来无恙啊。"

　　林大为满面笑容,说:"都挺好,就是太思念媳妇儿了。"

　　周萍瞥了他一眼,说:"思念媳妇儿?我看你是想羊肉烩菜了吧。"

　　两人互相打趣,说说笑笑来到屋里,周萍把外卖盒打开,取出一次性筷子,张罗着一起吃饭。

　　林大为夸张地吸了一口气,说:"真香啊。"

　　周萍瞧了瞧他,说:"哪里比得上你们村里的有机食品啊。"林大为没接话,嘿嘿一笑,埋头吃饭。

　　不一会儿,周萍搁下筷子,说:"我吃饱了,你慢慢吃。我去里屋给你收拾一下。"说完就进了里间,过了一会儿,她手里端着个塑料盆出来了,里面堆着林大为的脏衣服和一包洗衣粉。

　　周萍说:"你说,你这么大个人了,就不知道自己把衣服洗了。你还给藏桌子底下,现在天儿也热了,不怕搁馊了啊?我这就拿去水房给你洗洗!"

　　林大为一听,赶紧把剩下的饭菜几口扒完了,起身把外卖盒往塑料袋里一塞,拎在手里,说:"媳妇儿,等等我,我跟你一起去。"

　　村委会的厕所兼水房,样式跟大学宿舍的公共洗手间差不多,靠一边墙是一排厕所隔间,对面有一条长长的洗手池,有四个水龙头,墙上是一面大镜子。

周萍把塑料盆放在水池里,拧开水龙头,洗起了衣服。林大为把手里的塑料袋丢到垃圾桶里,就跑到水池子边上,站在媳妇儿旁边陪着。

洗了一会儿,周萍也没听见林大为开口说话,心里觉得有点儿奇怪,这话痨一样的人,咋半天没个动静?她抬头一看,只见镜子里映着林大为的脸,正跟那笑呢。只是笑得不太正常,一下微微笑,一下又张大嘴笑,一下又摇头笑,一下又点头笑。

周萍说:"干吗呢你?龇牙咧嘴的,对着个镜子傻笑个啥?"

林大为继续龇牙咧嘴:"练笑呢。"

周萍说:"啥笑啊你这是?"

林大为说:"笑就是笑啊,笑就是smile啊,laugh啊。"

周萍瞪了他一眼,说:"大晚上的,发什么神经啊你?"

林大为一听,正色道:"媳妇儿明鉴,这不是发神经。告诉你,到云蒙崮村快一年了,你老公我就全指着这工作呢。"

周萍把脸一板,说:"你指着笑工作?那你也指着笑给你洗衣服去!"说着,她端起洗好的衣服,走出厕所,穿过走廊,来到村委会二楼小门外,把衣服一件件拿出来抖平,晾在一个简易的铁丝架上面。

林大为跟在她身后,也伸手去盆里拿衣服,帮忙抖平,嘴里说:"媳妇儿啊,我这不是整天忙吗,没空洗衣服。"

周萍在他胳膊上打了一下,说:"你忙,你就整天忙着笑呢吧?"

林大为在胳膊上被打的地方撸了两下,说:"哎哟,你听我说啊,媳妇儿。这笑的学问可大了。见了村民,你得大笑,要不人家觉得你不亲近。跟村干部开会,遇到再难的事,你都得微笑,你要脸一沉,他们心里准发慌。就连在村里遇见个小孩,你都得笑。你要是不会笑啊,村里人肯定说你城里来的摆官架子,对你有意见。"

周萍说:"意见?我就对你有意见,你知不知道?"

林大为忙问:"啥意见?"

周萍说:"咱闺女上小学,正式开学前第一次家长会,要求父母必须都到场,你倒好,说死不来!就半天时间啊,能耽误你村里多大事?"

林大为一听,忙满脸堆笑,抢着拿起盆里最后一件衣服,晾在了铁丝架上。在女儿的事上,他确实理亏。但女儿刚上小学那会儿,正是村里修公路、组建农业合作社等几件大事的关键时候,他一刻也不能离开啊。眼下村里倒是基本上轨道了,不过,女儿上学上得挺好的,又不用他特别操心了。

但这些话他可不敢说出来,于是跟在周萍后头,赔着笑脸回了宿舍。周萍放下盆,又打开他的简易衣柜,一看果然不出所料,柜子里也是一团糟,便动手开始收拾。她把衣服都抱出来,摊在床上,一件件拿起来,重新叠整齐。

周萍一边叠衣服,一边说:"对了,我之前不是说给你带个好消息吗?你们村安装路灯的事儿,压油沟集团的冯总答应全包了。"

林大为一听,高兴地跳了起来,说:"真的啊?媳妇儿万岁!我就知道,没有你周大记者办不成的事儿!"

周萍把叠好的衣服放回衣柜里,回过头来说:"你少给我灌迷汤儿吧。针线包呢,你给搁哪儿了?快拿出来,你看你,你这是穿袜子,还是吃袜子啊?全都顶上一个破洞,没有一双囫囫的了。"

林大为找出针线包递给周萍,然后坐在她旁边,嘴里说:"媳妇儿,你是怎么把路灯给拿下的?说给我学习学习,将来我也好去拉赞助。"

周萍说:"前段时间,我们报社要发一组系列报道,以'安全生产标兵'为主题。我跟我同学、朋友挨个联系了一遍,让他们帮忙找企业。找了有五六个吧,我都去采访了。等采访完呢,各公司一般都请我们吃个饭。饭桌上,只要有他们领导在场,我就把话题往什么'企业的社会责任'啊、'精准扶贫'啊上面引。"

林大为笑着说:"噢,学到了,要拉赞助,先带节奏。"

周萍瞥了他一眼,说:"少嬉皮笑脸的,你以为企业老总们那么好糊弄啊,能轻易让你带节奏?他们都精明着呢。遇见冯总这样的,也是巧了。我们跟饭桌上闲聊,聊着聊着,说起了过去的事儿。冯总跟我们说,别看他现在是企业老总,当年也是农村出身的苦孩子。他说,他小时候上学可不容易了,来回要走十几里地,就一双鞋,走烂了家里还骂他,当年可真是艰苦。当时我一听,就向他提起了'扶贫'的事儿,说了好多云蒙崮的情况。冯总可能是感同身受吧,一问村里已经修好了路,就答应出钱给咱们装路灯。不过,施工队伍得让我自己联系。我当时心想,冯总别是饭桌上一时高兴,过后又反悔。吃完饭,我就在朋友圈里找同学朋友,问谁有做路灯工程的,想赶紧把这事儿敲定。哎,还真让我给找着了。这次算你小子运气好!"

林大为说:"哈哈,是我们村运气好啊,托媳妇儿大人的福!"

周萍:"我这点人情,可都用在你们云蒙崮村了。哎,你知道朋友圈里现在大家都管我叫什么吗？"

林大为好奇地问："叫你什么啊？"

周萍一字一顿地说："扶！贫！女！王！"

林大为乐了，说："扶贫女王？不对不对，应该叫你'扶贫女神'！"

周萍说："女神？守着你这党员干部，打倒一切牛鬼蛇神的，我可不敢当女神！"

林大为一把抱住周萍，说："敢当敢当，太敢当了！"说着，一脸的笑容更加灿烂了。

周萍突然摆出一副严肃的表情，定睛看着林大为，说："我问你，你这叫啥笑？"

林大为嘿嘿地笑着说："这叫巴结媳妇儿的媚笑。"

周萍伸手戳了一下林大为的额头，说："贫嘴！快松开我吧。"

说话之间，周萍补好了袜子，又把宿舍稍微归置了一下，两人聊了会儿家常，看看时间快九点了。周萍得赶快回城去，明天一早还要从母亲那里接回女儿，去上课外补习班。

林大为送周萍上了车，帮她关上车门，对着窗口说："回去路上开车当心啊，山路不好开。"

周萍一边插上车钥匙打火，一边说："行啦，自打你当了第一书记，我这车技提升得特别快。你们村这条路啊，我闭着眼睛都能开回去。"

林大为说："行。对了，替我谢谢咱哥啊，老借他的车，怪不好意思的。"

周萍说："原来你也知道不好意思啊。你要知道不好意思，就多回家看看，不顾着我，你也顾着点你老娘和你闺女，你对孩子上点心,别总是一天就知道忙忙忙。"

林大为笑着说:"知道了知道了,我都记着呢。"

周萍无奈地笑了一下,说:"行了,我走了啊。刚在你包里留了一千块钱,是你的生活费。你别乱花,但也别亏待了自己,知道吗?"

林大为说:"知道了,媳妇儿。我跟村里花不着什么钱,赶明儿都给闺女攒着。"

周萍说:"行了,我走了,你快回去吧。"说完,便发动车子,驶出了村委会的院子。

看着车子开走,林大为心里真有点恋恋不舍。他没有立刻回屋子里去,而是在原地站着,目送车子远去。一会儿,车子的灯光渐渐消融在山间的夜色中,林大为刚要转身回屋,突然看见村委会院门口有个黑黢黢的人影,杵在告示栏边上。

林大为冷不防吓了一跳,一瞬间还以为自己眼花了,赶紧揉了揉眼睛。再一看,原来没花眼,确实有个人站在那里,那人影正朝他走过来,叫道:"林书记!"

林大为心里奇怪:都这个点儿了,这是谁呀?

第三章　真假大款

来者不是别人,正是下午刚见到的"毛驴"毛二贵。大晚上的,他这是有什么急事,跑村委会来?

林大为忙打招呼:"二贵兄弟,怎么了?有啥事找我啊?"

说话间毛二贵已经走到跟前,面带笑容说:"林书记,对不住啊,打扰你休息了。"他的语气竟然十分礼貌,跟白天见到的时候判若两人。

林大为说:"别客气,有啥事,你直说吧。"

毛二贵说:"我就是想来问问林书记,村里最近评贫困户,我看那告示上,怎么没有我啊?"

"啥?"林大为这下可真有点摸不着头脑了,他看了看毛二贵的神情,感觉他好像不是在开玩笑,就拉着他来到告示栏前,指着上面贴的告示说:"二贵兄弟,告示你看仔细了没有啊?评贫困户是有严格标准的,不是谁想评就能评的。再说了,你这个经济条件,跟咱村数一数二了吧,咋给你评贫困户啊?评你个大款还差不多。"

毛二贵尴尬地笑了笑,说:"我算哪门子的大款啊。林书记,我也不瞒你了,我呀,一穷二白,是实打实的贫困户。这儿贴的标准,刚刚我也仔细看了,我家绝对符合条件。要不怎么说国家政策英明呢,简直是比量着咱的条件给定的。"

林大为笑了,说:"二贵兄弟,你这是逗我呢吧?你还贫困户,看你这大金链子,哦,还有你这大金表。"说起手表,林大为又往毛二贵的手腕上瞄了两眼,继续说:"这是劳力士吧?一块不得十几万?可以啊你,都玩上奢侈品了。"

毛二贵一听有点急了,一伸手将两条金链子从脖子上摘下来,把手表也从手腕上解下来,一股脑儿塞到林大为手里,说:

"假的,都是假的!链子,细的十块,粗的二十,手表五十。你看看就知道了。"

林大为说:"你弄些假货干啥啊?"

毛二贵挠了挠头,说:"嘿嘿,我跟外面混了这么些年,第一次回咱村,这人嘛,都讲个脸面不是?"

看到林大为还是一副不相信的表情,毛二贵把那条粗的链子又从林大为手里拿过来,紧紧掐住一个链环儿,往上吐了点唾沫,往裤子上用力擦了几下,又举到林大为眼前,说:"林书记,你看,这可不是真金,是表面儿镀的一层薄薄的颜色,一擦就掉。"

林大为一看还真是,链环儿被摩擦过的那一小片儿,露出了黑乎乎的底子,也不知到底是什么材质。毛二贵又说:"你再仔细看看那块表,我倒不懂怎么看真假,这玩意儿是在批发市场的小摊上买的,当时人家问我要一百,我对半砍价,掏了五十块钱买的。"

林大为听毛二贵这么说,就把手里的金表凑在告示栏的灯光下,一看上面的标记,赫然写着"ROLAX"。林大为也不太懂怎么鉴别名表,但劳力士表的品牌名他还是知道的,英文写作"ROLEX"。这块表把人品牌名里的字母"E"换成了"A"。偷换一两个相似的字儿,是山寨货最常用的一种手段了。这块表无疑是仿冒品,而且远远算不得高仿,说是低仿还差不多。

这个情况来得有点突然。几个小时前,林大为还以为毛二贵在外地挣了大钱,衣锦还乡;几个小时后,事实却告诉他,一切都是假的,毛二贵这大款是冒充的。

林大为将山寨表还给毛二贵,站在那儿沉吟不语。

毛二贵说:"林书记,我跟你实话实说吧。我不到二十岁就跑出去了,以为大城市里遍地是钱,再也不用受穷了。唉,想得太美了。城里稍微像样点儿的工作,最低也要高中学历,要么就要专业技术经验。我哪样儿都不行,只能这里混几天,那里混几天。十多年了,南北各地跑了几个省了,地方去过的不少,可是啥也没混出来。要是就我一个人,一人吃饱、全家不饿的,也就这么瞎凑合着吧。可我这不是还有个闺女吗,哪能让孩子跟着我饿肚子啊。"

林大为想起白天在毛二贵家,确实见到一个小女孩,还帮着毛二贵咬了何翠姑一口,就问道:"孩子她妈呢?跟你回来了没有?"

毛二贵一愣,顿了一会儿才闷闷地说:"孩子她妈……没和我一起回来。"

林大为心里估摸着,毛二贵一定是和他媳妇儿闹了什么不愉快,说不定两人都分手了,要不然也不会把闺女丢给毛二贵。他不好揪着人家的痛处问,就轻轻点了点头。

只听毛二贵又说:"前些天,我在城里碰见咱村的大龙了。他跟我说,现在咱们村发展得可好了,又是修路,又是建大棚,村里好些贫困户国家都给包了。我就寻思着,要不回家看看,有没有机会。哎,我还真回来对了,一回来就赶上这好政策了。"

林大为心想,毛二贵这话听着不假。看他白天跟何翠姑掰扯道理的时候,好像脑子挺活泛的样子,如果他在城市里真能站住脚,这样性格的人肯定不会回农村老家。况且,他弄些假链子、假表充大款,说明他是个好面子的人,他要求评贫困户,那面子可真丢尽了。一个人要是控制自己的喜好,做出违背一贯性格的事儿,肯定是有困难,不得不低头了。不是有句老话叫"一分钱难倒英雄汉"嘛。

但话又说回来,这并不能说明毛二贵就符合国家的贫困户标准。从经济角度讲,在大款和贫困户之间,还存在很多层级啊,不能说不富裕的人,就一定属于贫困阶层了。

看林大为不表态,毛二贵脸上的笑容消失了,语气也变得有点生硬起来:"林书记,咱可是如假包换的贫困户。你这一碗水可得端平了,要是把我落下了,六月里得下雪,八月里得挂霜!"

林大为说:"二贵兄弟啊,咱今天刚见面,你的情况我还不太了解。村里谁评不评贫困户,也不是我个人说了算的,要符合评定的标准,也有个评定的程序。"

毛二贵愣了一下,问:"啥,啥程序?"

林大为笑笑,说:"程序就是啊……这么着,今天太晚了,你先回去吧。明天上午,你有空就来村委会找我,咱得先填一张申请表,把你的家庭情况、收入情况都在表上写清楚,我再帮你看看符不符合条件。真符合条件啊,村委会立刻就给你建了档案报上去。"

毛二贵一听,脸上又多云转晴了,笑着说:"行,林书记,那我明儿一早就来。谢谢你啊。"说着他转身要往外走,突然又想起来明天是星期六,又问:"林书记,明天是周末,你不回城吗?"

林大为伸手在毛二贵肩膀后拍了拍,送了他几步,说:"不回,放心吧,明天你过来就是了。"

送走了毛二贵,林大为回到宿舍里,不禁打了个呵欠,今天,可真是漫长的一天啊。

* * * * * *

这个星期六,老书记张仁义一大早就醒了,他怕吵醒了老伴儿,就跟床上躺着没动,过了好一会儿才穿衣服起床。

昨天傍晚,"大喇叭"找到他,把毛二贵和何翠姑吵架的事一五一十地学了一遍。张仁义听完,只觉得头大,夜里一直想着这个,在床上翻来覆去,折腾半宿才睡着。

他琢磨着,何翠姑号称"东方不败",那么不肯吃亏的一个人都硬是让毛驴讹走了一只鸡。毛驴要是存心跟村里捣蛋,林大为这城里来的年轻书记,哪里是他的对手?整个云蒙崮村,还不得让毛驴给闹翻天?唉,看来这毛驴想躲是躲不开了,自己还是得出马管一管,不能把麻烦都推给林大为。

张仁义打定主意,就起了床,胡乱吃了点东西,然后捏了点茶叶泡在保温杯里,端起杯子出了房门。一出门,他就看见院子里,小女儿张兴华已经起来了。她站在院子中间手舞足蹈的,也不知是做操呢还是跳舞呢。

张仁义咳嗽了一声,对女儿说:"兴华,你这大早上张牙舞爪的,干啥呢?"

张兴华回头一笑,说:"爹,你不懂,这叫减肥操,我跟手机视频上学的。"

张仁义不以为然地说:"减肥操?哼,我看你是吃饱了撑的。别瞎蹦跶了,有空帮你妈干点儿活去。"

张兴华不为所动,伸胳膊踢腿的,继续做她的减肥操,又岔开话题说:"爹,你这是去哪儿啊?"张仁义一边往院门走,一边说:"我去村委会看看。"

张兴华说:"今天是大周末,人家林书记不兴睡个懒觉啊。你去村委会干啥?"张仁义脚下没停步,嘴里说:"睡什么懒觉?你以为人林书记跟你一样啊。"说着,他头也不回,端着保温杯就出了家门,往村委会走去。

走进村委会小楼,张仁义抬头看了看挂钟,时针正指着八点二十。他不由得停下脚步,心想,闺女刚才说的也有道理,林书记忙活了这些天,年轻人缺觉,也该趁周末多休息一会儿,不能像自己这老头子一样,天一亮就醒了。于是,他脚下改变了方向,往广播室走去,想在那儿先坐一会儿,等差不多九点左右,再去办公室找林大为。

没想到一进广播室,张仁义就看见屋当中拼起来的办公桌前,面对面地坐着两个人,一个是林大为,另一个就是那头臭毛驴。

林大为一看是张仁义,就打招呼道:"老书记,早啊。"毛二贵一扭头,赶紧站了起来,满脸堆笑,说:"老书记,你好!咱爷儿俩得有十来年没见了吧,怪想你的,你身体还好?婶子好吗?"

张仁义有点吃惊,看了一眼毛二贵,简单地回了句:"都好。"

张仁义心想,自己还想赶早过来和林大为说道说道,看拿毛驴怎么办,没承想他倒抢先跑林大为这里来了,他来干啥的?一时间,张仁义觉得有些尴尬,走也不是,留也不是,索性端着杯子,到墙跟前的木沙发上坐下,心想先跟这等会儿,看毛驴说啥,等他完事走人,自己再和林大为商量。

于是他跟林大为说:"林书记,有事你先忙,我跟这里坐一会儿。"说着,他打开保温杯盖子,吹了吹,啜了一小口茶水。

林大为朝张仁义说了声"好",又对毛二贵说:"行了,二贵

第三章 真假大款 67

兄弟，这表已经填好了。回头啊，我跟村委会的同志们再研究研究，你先回吧，有什么消息，我马上通知你。"

毛二贵满口答应着说好好好，然后又朝张仁义笑了笑，说："行！林书记、老书记，那我就先回了，等你们的好消息。"说完他起身往门外走，只听他一边走一边歪着个头，嘴里还小声嘟囔着："研究研究，研究研究……"

眼看毛驴走出了村委会，张仁义便坐到林大为对面来，问道："林书记，毛驴他来干啥的？"

林大为把手里的表格递了过去，说："老书记，二贵来申请贫困户，我刚帮他填了申请表，你看看。"

张仁义一听就火了，把保温杯重重地往桌子上一搁，说："啥，他要评贫困户？林书记啊，不是我说你，咋能由着他瞎胡闹呢。"

林大为说："老书记，二贵他没胡闹。昨天他和何翠姑吵架的事，你也听说了吧？昨天下午你不在，'大喇叭'喊我过去了。当时，我看他挂着链子、戴着表，也寻思他经济条件不错，谁知道那都是些假货。二贵他这是跟乡亲们面前打肿脸充胖子呢。昨晚上他跑来找我，说了他的情况。我看着他确实没说假话，就让他过来先填个表。"

张仁义说："他说贫困就贫困了？他这个人，从小就整天胡扯八道的，死人都能给他说活了，你可不能信他的。"

林大为说："老书记说的是，我本来也想着先和你再商量商量，也找几个村里比较知情的群众问问，一起再核查一下。这么着吧，我现在就给镇里扶贫办的岳主任打个电话，请他帮忙在网上给查一查毛二贵的情况，咱们再定夺。"

张仁义问:"贫困不贫困的,网上咋能查到?"

林大为说:"现在国家信息网络很发达了,比方说,公安、法院、银行、工商等系统结合起来,一个人的经济活动、信用情况都能查得一清二楚。毛二贵要真是富裕,肯定会有消费记录、银行账目什么的,咱先请岳主任在这几个大面儿上帮咱查一查,完事我再去他家看看,摸摸底。装穷只能装一时,不可能一直装下去。"

张仁义同意了,林大为便给镇里扶贫办打电话。电话接通后,接电话的人说,岳主任出去办事了,今天不一定回办公室。林大为便拨通了岳主任的手机,把情况简单地说了一下。

挂上电话,林大为跟张仁义说:"老书记,岳主任今天出去忙了,他说,他待会儿就交代办公室的小李帮咱上网查一查。他说,他把我的手机号告诉小李了,有啥消息,小李会直接发我手机上来。"

张仁义说:"那敢情好,这下毛驴啥也瞒不住咱们了。"

林大为点头称是,他又看了看毛二贵填的那张表格,说:"老书记,我还有一个考虑。现在农村的青年人都往城市里跑,我看政府统计报告说,好些村子里都见不到年轻人了,净是些留守老人和孩子。湖北有个自然村,叫啥来着我忘了,一查全村就剩八个人了。"

这个情况不用林大为说,张仁义也是有体会的,他的小女儿张兴华就整天吵着要去城里找工作,说村里一到晚上就静悄悄的,啥娱乐也没有,待着太没意思了。

张仁义说:"是啊,但凡有点门路、有点本事的人,一走就不回来了。"

林大为说:"对啊,所以说,毛二贵能回农村,还是挺难得的。不管他这次上不上贫困户名单,都是咱们村的一分子。不论他是穷是富,总是个年轻人吧,我看他脑子也挺灵光的,怎么说,也算是给咱们村带来了新鲜血液。乡村振兴没有人可不行。"

张仁义撇撇嘴,说:"你还指着毛驴给你振兴?他能老实待着,不给村里惹事,我就谢天谢地了。"

林大为笑了,说:"一个人只要不违法犯罪,能惹啥大不了的事啊。"

张仁义说:"那可保不齐的。"

* * * * * *

下午两点多的时候,张仁义做完了手头的事情,心里还惦记着网上查毛驴的消息,不肯回家,就坐在广播室里看报纸。打开报纸还没一会儿,他就禁不住有点犯困。唉,岁数不饶人啊,这人一上了点年纪,不但腿脚不灵便,精神头儿也是一年不如一年,过了中午,一旦往那一坐,就不由自主地打瞌睡。他心想,不能跟这坐着,还是去村里转转吧。

这刚一动念头,只见林大为急急忙忙地走进来,手里拿着手机,一见他就说:"老书记,查到了,毛驴的情况不对头。"

张仁义一听,瞌睡虫一下子全散了,赶紧问:"咋了?查出来啥了?"

林大为说:"毛二贵这家伙还真是不老实。你看看,这是扶贫办小李同志给我发的微信。"说着,在手机屏幕上点了几下,递到张仁义手里。

张仁义接过手机，从上衣口袋里掏出老花镜戴上，把手机伸出去老远，去看那屏幕。屏上显示着一张网页截图，只听林大为在旁边念着上面的字："查询结果：喜哈哈商贸有限公司，法人代表毛二贵，注册资金五十万元，注册地：湖南省长沙市。"

张仁义说："咋个意思，毛驴他都开公司了？"

林大为说："对！是在长沙工商局注册的。他可能觉得，这公司开在外省，他只要不说，咱们肯定想不到。还有，这五十万元注册资金真不算少了。一般小公司几万块钱就够注册了。毛二贵这公司，规模肯定小不了。"

张仁义一听气得够呛，把手机还给林大为，说："太不像话了，我就知道，这毛驴的瞎话可信不得，他啊，到底也改不了吃屎！"他一生气倒忘了，驴这种动物，它吃草，不吃屎。

林大为也很生气，说："老书记，你消消气，都怪我没经验，轻信了他。不行，回头我得上毛二贵家去，好好批评一下他。"

张仁义一挥手，说："还去他家批评？我看直接上大喇叭，全村广播，通报批评。得拿毛驴这事立个典型，警告一下村里的人，谁也别动歪点子，薅国家的羊毛。"

林大为听了这话，倒有点犹豫了，毛二贵的贫困户申请作废是肯定的，批评教育他也是肯定的，但真的有必要把这事在村里大肆宣扬吗？

林大为把自己的顾虑跟张仁义说了，张仁义坚持说："好事坏事，都得放明面儿上说清楚了。"

林大为摇了摇头，说："老书记，批评一个毛二贵，不是咱们的目的。咱不管干啥，不都要从对村里的影响出发嘛。毛二贵那个驴脾气，要是咱们一下子把他推到对立面，他破罐子破摔起

第三章 真假大款

来，以后还不更要在村里惹事了？"

张仁义一听也有点迟疑了，说："这么说，还治不了他了？唉，我就知道，他这次回来没好事儿。"

两人正议论着，说曹操，曹操到，毛二贵来了。

只见他脸上蒙着一层汗，手里提着一个黑色的大塑料袋，走到广播室里，笑嘻嘻地跟林大为、张仁义说："林书记，老书记，你们都在这儿啊。"

林大为答应了一声，张仁义却狠狠瞪了毛二贵一眼，气呼呼地走到窗户旁边。

毛二贵觉察到屋里的气氛有点不对头，把手里的袋子放在办公桌上，故作轻松地说："老书记，怎么啦？难不成还因为当年的事儿生我的气吗？我那时候年纪小，不懂事儿，您大人不记小人过，就饶了我吧。要不，改天我去您家登门谢罪……"

林大为见到他，心里早起了三分不悦，没等他说完就打断了他，问道："二贵，你怎么又来了，还有啥事找我啊？"

毛二贵打开塑料袋，从里面拿出两条玉溪卷烟、一瓶洋河大曲酒，说："反正老书记也不是外人，咱也不用避嫌。林书记，您刚才不是说了吗？我这贫困户的事儿，您需要研究研究，那个烟酒烟酒吗？"

不自觉地，毛二贵对两位书记的称呼都变了，从"你"变成了"您"，语气可比之前恭敬多了。但是，林大为心里的火气却"噌"的一下，蹿起来老高，他把脸一沉，说："二贵，就凭有钱买烟买酒，我看你就还不够贫困！"

毛二贵一愣，随即脸上又恢复了笑容，说："瞧您说的。成不成，酒一瓶；会不会，烟一对。林书记，是不是贫困户，还不就您一句话的事儿？"他指了指摆在桌上的烟酒，又说："哎哟，您可别嫌弃这些档次低，等回头贫困补助发下来，我毛二贵有恩报恩，不会忘记的。"

这下子张仁义再也忍耐不住了，他两步来到二人面前，说："林书记，把那证据拿出来给他看看！"

林大为拿出手机，把查询信息截图调出来，往毛二贵手里一塞，说："你自己看吧。"

毛二贵疑疑惑惑地举起手机，嘴里默念着屏幕上的字，念完脸色马上就变了，叫道："林书记，这是啥啊？胡扯八道，我要是有公司，还稀罕当这个贫困户？"

林大为拿回手机，正色道："数据是镇里扶贫办在电脑网络上查的，不会有错。你再好好想想，你真的贫困吗？"

毛二贵一脸不服气，大声说："想个球！有没有公司，我自己能不知道？林书记，咱不是三岁小孩，你别老拿这网啊、电脑的吓唬我。你要信这个，行，明天咱到打印社，花上二百块钱，就能把你和杨贵妃整到一个被窝里去，你信不信？"

张仁义一听，气得直哆嗦，厉声说："二贵，说啥呢？你真以为我们好欺负是不是？"

整个云蒙崮村，别人都给老书记几分面子，毛二贵可从小就不吃这套，只见他眉毛一拧，冲着张仁义说："说啥？说实话！别以为我不懂这里头的道道儿，评贫困户，还不就是你们当官的一句话？我看，你就是算老账，记旧仇。欺负你？我看是你欺负我！"

林大为看到毛二贵针对老书记说起了难听的话，皱着眉头说："你这说的什么话？谁欺负你了？"

第三章　真假大款　73

毛二贵一巴掌拍在桌子上，指着墙上挂的脱贫标语说："你们就是欺负我。哼，林书记，你是上头派下来专门管脱贫的，你是不是觉得，我给村子里脱贫拖后腿了？影响你的政绩了？林大为，我实话告诉你，今儿这事儿，你是给我办也得办，不给我办也得办！"

林大为说："怎么着，你这是跟我在这撒泼呢？"

毛二贵鼻子里重重地哼了一声，说："撒泼又咋样？噢，就兴你们当官的成天收黑钱，包二奶，不兴我这贫困户争取点正当权利？"

林大为气得脸色铁青，说："毛二贵！你把话说明白了，我林大为行得端、坐得正，没收过一分黑钱，更没有包什么二奶，你这是在诽谤！诽谤是犯法的，你知道吗！"

一听"犯法"两个字，毛二贵倒笑了，说："犯法？哟，你真以为我毛二贵是吓大的？少来这一套。不做亏心事，不怕鬼敲门，你急什么眼啊？不收黑钱，你媳妇儿哪儿来的轿车？不包二奶，你为啥处处偏袒何寡妇？"

"你！"林大为指着毛二贵，手气得直抖，什么也说不出来。

毛二贵见状，伸手把桌上的烟酒飞快地收进了塑料袋，瞟了眼林大为和张仁义，说："今天我把话撂在这儿，我毛二贵是单杆子跳舞，光棍一条，你们要不给我一条活路，那这后头啊，谁也别想过舒坦了！"说着，他拎起烟酒袋子，气哼哼地走了。

眼见毛二贵撂了一通狠话走了，张仁义气呼呼地对林大为说："林书记，见识了吧？颠倒黑白，无理取闹，他就这个德行。"林大为苦笑着，长叹了一声。

张仁义说："林书记，俺们这儿有句老话，叫'毛驴上树'，你听过没有？"

林大为奇道："没听过啊，怎么讲？"

张仁义说："毛驴上树——做梦啊。这就叫根不正，秧不正，结个葫芦歪歪腚。林书记，毛驴他就是毛驴，说下天来也上不了树！你说，他年纪轻轻，有胳膊有腿的，干点儿啥不好？好意思回来争这个贫困户？这事儿啊，说什么也不能答应他。"

林大为没吭声，站在那把这两天遇到的事在脑子里又过了一遍。他的情绪渐渐平静下来，细细一琢磨，不禁觉得毛二贵的言行有点蹊跷，于是对张仁义说："老书记，我觉得事情有点不对劲儿，你看这证据都摆在眼前了，毛二贵又不傻，死不承认有啥用，威胁我们又有啥用？你说，网上的信息会不会真的搞错了？"

张仁义说："网上的事儿我不懂，可镇里领导给发过来的，还能有错？"

林大为想了想，说："查询出错的可能性不大。不过全中国这么多人，重名重姓的多了，也可能那公司法人，不是咱村的这个毛二贵。唉，刚才我也是沉不住气，跟二贵把话说到顶了，没处理好。万一他真贫困呢。"

张仁义指了指胸口，说："林书记，你到现在还以为他贫困呢？要我说，他是缺心少肺，这儿贫困还差不多。"

林大为没接话茬儿，他突然又想起来，毛二贵说申请贫困户主要是为了他女儿毛樱桃。这倒不假，按照国家的精准扶贫政策，贫困户家庭除了每年有生活补助，将来孩子上学也有学费减免。

毛樱桃他昨天刚见过了，挺可爱的一个小丫头，毛二贵跟何翠姑干架，这小姑娘奋不顾身地帮他爹，可见毛二贵心疼孩子，并不是说瞎话。小丫头看上去年纪和自己闺女差不多，按说这会儿也应该上小学一二年级了，现在又没放暑假，可这孩子明摆着没去上学。

这毛二贵是真穷到孩子上不起学，还是不重视孩子教育呢？不管是哪种情况，孩子都得给耽误了。幼吾幼以及人之幼，想到孩子，林大为不但不生气了，反而有些担心起来。

他对张仁义说："唉，他不是还有个孩子吗？不管他有钱没钱，我们就由着他吊儿郎当、整天闲逛，那也不是办法啊，孩子还不让他给带歪了？"

张仁义说："那就让他走！咱村不缺这号人。"

一听张仁义说要撵走毛二贵，林大为一时不知说点什么好。他的目光不自觉地落到了墙上的扶贫标语上，标语上赫然写着八个大字："响应号召，全面脱贫。"刚才毛二贵就是指着这八个字骂人，你能说他毫无道理吗？在农村工作，主要困难其实就在人身上，在人的思维与习气上。如果把各种不配合的人都撵走，那一个村里还能剩下多少人？那他这第一书记的工作，能称得上"全面"吗？

想到这里，林大为心里安定下来，他对张仁义说："老书记啊，人，咱不能撵走，贫困户的事，可以先搁一搁，等我再查查吧。我看他一个大老爷们带个闺女，也挺不容易的。他既然要评贫困户，那显见的是缺钱，咱就帮他一把。"

张仁义说："不是查到他都开公司了，他还缺钱？"

林大为说："咱不管他是真缺钱假缺钱，他不是嘴上说缺钱吗？缺钱就该用劳动去换取收入。咱帮他找个活儿，他要是肯干,那最好,咱权当村里多了一个劳动力。他要是不肯干,那就坐实了他在贫困的事情上撒谎!老书记,咱就先帮他在村里找点活儿干吧。"

张仁义老大不乐意地说:"帮他?哼!我说林书记啊,你这心也太软了,刚毛驴骂你那些难听话,你能忍?过两天,不知道他还要跟村里造什么谣呢。"

林大为笑了,说:"那些没影儿的事,不怕他说。咱就尽量帮帮他呗。他闲着不是又要生事吗?再说,公民都有人身自由,难道咱还真能撵人家走?"

张仁义心里有点松动了,说:"你说的也是。但咱村的项目,一个萝卜一个坑,他现在才回来,不赶趟了啊。"

林大为说:"老书记,你帮我想想,有没有谁家现在缺人手的,让二贵给人家帮帮工。"

张仁义一瞪眼,说:"村里谁家帮工敢请他这么个瘟神啊?"

林大为哈哈一笑,说:"老书记,别生气啦。你肯定有办法,我知道,山人自有妙计。"

张仁义听到林大为跟他打趣,也笑了一笑,脸色和缓了许多,他迅速在脑子里过了过各家的情况,说:"好像翠姑跟我提过,她家的大棚葡萄缺人手。前几天我在村里帮她问了问,各家活儿都多,没法帮忙,就是给工钱也请不来。你既然这么说,我就跟翠姑打个招呼,让毛二贵给她帮几天忙吧。"

林大为听了有点拿不准,说:"这俩人不是才吵了一架?老书记,能行吗?"

张仁义说:"能行!翠姑这'东方不败'的外号,你以为是白给的?上回那是让二贵抓住了小辫子,要是反过来啊,翠姑能把

第三章 真假大款 77

毛驴拾掇得秃噜了皮！放心吧，一物降一物，也只有翠姑了，别家可降他不住。"

林大为一听就乐了，说："既然这么着，老书记，那麻烦你跟翠姑说一说？毛二贵那边，我去说。"

张仁义说："成，我现在就去找翠姑。毛驴那边就交给你了。"说完，他便起身出门，往何翠姑家去了。

没承想，到了地方张仁义却扑了个空，何翠姑家大门紧锁，家里没人。邻居看见老书记来找人，就告诉他：这会儿，何翠姑肯定是到地里大棚去了，这几天她几乎整天泡在大棚里，忙活得不轻。张仁义只好往大棚那边去找她。

* * * * * *

云蒙崮村的葡萄大棚，采取了集约化的建设方式，几十座连成一片，远远望去，十分壮观。何翠姑承包了其中的两座。一座大棚长一百米，宽六米多，差不多得合一亩地了。按道理讲，就算翠姑家男人还活着，两口子一起干，也够呛能伺候好这俩大棚。当初村里刚开始张罗种植大棚葡萄的时候，老书记张仁义就劝过她，贪多嚼不烂，你一个妇女，能干得过来吗？不如先上一个棚，试一试水，觉得能行再增加。

但何翠姑坚持要承包两座大棚，她的心里，自有一笔账。

先说这收入账，一斤葡萄什么价？一斤粮食什么价？同样的一亩地，种经济作物可比种庄稼的收入高多了。种庄稼的话，一亩地产值撑死也就在一两千上，种葡萄的亩产值，少说能在八九千往上。庄户人种什么不是种？种什么能不累？关键看累得值不值,种葡萄肯定比种庄稼更值。

再说成本账,那就更合适了。葡萄大棚是村里的扶贫项目,由农业合作社牵头,前期免费向村民提供种苗,建大棚的材料也都是优惠价,比市价低了一半不止。林书记还请来了农业公司的专家,来村里给种植户们进行技术培训,针对葡萄培育的关键阶段前后开了三次讲座。要是村里人自己想弄这个事,得花多少本钱?本钱还是其次,关键是你自己搞的话,就算花钱,你一家一户的,能请动农业专家?

还有就是风险账,这个项目几乎看不到什么风险。林书记说了,将来葡萄熟了,由村里给找销路,包种包销,不愁卖不出去。更让人安心的是,这个项目不牵扯土地流转,也就是说,咱们农户以土地入股的方式,跟农业社形成合作关系。各家承包的土地,不但承包权是自己的,经营权也还是抓在自己手里,不用租给别人。农民嘛,土地就是命,就怕在土地上有什么闪失。只要土地不流转给别人,退一万步讲,哪怕这葡萄不如人意,有现成的大棚,改种点别的也很容易。

当时何翠姑盘算了好几天,认定葡萄大棚是一个大好的机会,种植户是占了大便宜的,弄两个棚她还嫌少呢。至于一个人干不干得过来,她也琢磨过了。农业专家来给村里作讲座的时候说了,这葡萄藤第一年是育苗期,主要是施肥、浇水和整形修剪,相对来说,劳动量轻一些,只是比较费精力。自己年纪轻,精力足,多累一点儿,肯定能照顾得过来。等第二年葡萄坐了果,活儿多了,她再跟村里请人手来帮忙呗。这年头,只要给工钱,还愁找不到人?

何翠姑的账,大体上没算错,但在劳动量上,她却大大低估

第三章 真假大款

了。伺候大棚葡萄的活儿，比她想的要多得多。按照专家给大家发的技术材料，种植户要做好四五个方面的科学管理，才能保证葡萄长好。

第一个叫水分管理。葡萄这东西，可太能喝水了。到了几个关键时期，水分更要给足，比如开花前、坐果后，眼下这几天，又会陆续进入果实着色期，每天都要浇两遍。但水太多了还不行，一到雨天，就得赶紧清理墒沟，排除积水。

第二个叫花果管理。专家说了，要提高坐果率、增大果粒，提高产量和品质，不能靠风靠虫，得靠人工授粉。前段时间，葡萄开花了，何翠姑把带毛的兔子皮钉在一条木板上，制成授粉毛刷，赶着上午露水刚干时，一穗一穗的，挨个在葡萄花序上刷拉，给葡萄授粉。那几天，一个动作重复上万次，她的胳膊真是酸得像灌了醋，吃饭都拿不稳筷子了。

更麻烦的是，光授粉还不行，在葡萄开花坐果的时期，还得做好疏花疏果的工作。这是为了控制过多的产量，提高葡萄的品质。疏花序要赶在花开前半月左右完成，把花序一个个翻出来，比量着掐去末端四分之一左右。花眼看要开了，还要疏花蕾，用手轻轻撸花序，使部分花蕾脱落。等葡萄串冒出了豆粒大小的果子，就要掐去一部分，这叫疏幼果。

两亩地的大棚，何翠姑真是忙不过来，恨不得把自己劈成两半用。葡萄开花坐果，不是一次性的，而是陆陆续续的，藤上有的地方挂了果，有的地方还刚冒出花骨朵，上面说的那几样活，一样不少都得干。眼见有些葡萄串子开始长大，往下还有新的工序要加进来，比如果实套袋，人工杀虫，修剪疯长枝条，等等。

何翠姑实在坚持不下去，必须请人来帮忙了，除了托老书记帮忙,她自己也在村里一家一家地问,还许了工钱,但村里人都说没空。大家也不是在敷衍她,因为每户除了自家的责任田、菜地,也都加入了村里的扶贫项目,所有的壮劳力都忙得不可开交,剩的人都是些老人孩子,没人能帮上忙。

今天,何翠姑光给葡萄剪枝就忙活了大半天,午饭也没回家吃,坐在大棚外头啃了两个冷馒头。饶是这样,俩大棚还剩下小半个没走完一遍。她实在是累了,干着干着就一屁股坐到地上,把大剪刀丢到脚边,愁容满面地看着眼前这些绿色的"祖宗们"。

"翠姑,翠姑,你跟棚里呢吗?"

何翠姑突然听到有人喊她,扭头一看,是老书记进来了。她赶忙站起来,拍了拍身上的土,迎了上去:"老书记,我在这儿呢。啥事呀?"

张仁义说:"翠姑,前儿你不是跟我说,大棚找不到帮工吗?我给你找着了一个。"

何翠姑大喜过望,问道:"太好了,谁呀?"

张仁义说:"毛二贵。"

何翠姑立刻感觉当头一盆冷水,刚才的高兴劲儿全没了。她回头走了几步,捡起地上的大剪刀,又开始给葡萄剪枝,不高兴地说:"老书记,你这是真心给我帮忙吗?毛驴他能是个正经干活的人吗?"

张仁义劝道:"翠姑,这不是村里实在没多余的人手了吗?你将就一下吧。二贵好歹是个壮劳力,总比耽误了活儿强啊。过些天,人家公司来收葡萄,就你家的葡萄不够格,那不耽误大事儿了。"

张仁义说的是实情,何翠姑犹豫了一下,说:"那毛驴要是给我消极怠工,咋办?"

张仁义看她心里松动了,就说:"那好办,你给他按劳取酬,一天下来看他干了多少,就给多少工钱。再说了,你也不是把大棚丢给他一个人,你不是天天都在棚里吗,跟旁边盯着他,他还能闹什么鬼?"

何翠姑口气松动了,说:"那么说,就先试试?"

张仁义说:"试试,真有啥事,你找我。"

何翠姑想着不找毛驴,也实在是没人了,只能这么办,就答应了下来。

傍晚何翠姑从地里回来,刚到家门口,就看见毛驴在自家院门口站着,抱着个膀子朝她笑。她走上前去,边拿钥匙开大门边说:"死毛驴,你听说啦?"

毛二贵说:"那肯定啊,林书记下午专程跑我家来请的我。"

何翠姑瞥了他一眼,说:"请你,你算哪路神仙啊?"

毛二贵得意地一笑,说:"咱不是神仙,可咱占理啊。林书记有个大事儿,可是冤枉了我,那还不得来赔礼道歉啊?"

何翠姑一听,不急着进家门了,好奇地问:"啥事冤枉你了?"

毛二贵看了她一眼,神秘地说:"那哪能告诉你啊。我只能跟你这么说,我跟他掰扯的事情,他当时还不相信我,给我脸色看。但万事逃不过一个'理'字,我毛二贵这次可是占了理儿。今天下午,他自己来我家一看,立马就换了态度,请我支持村里的工作,就从支持你这小寡妇种葡萄开始吧。"

何翠姑不相信林书记能有啥事给毛驴去道歉,但刚才老书记跟她说找毛二贵帮工,确实不假。她想,毛驴的嘴整天胡咧咧,自己犯不着跟他较真,就说:"死毛驴,别跟我这胡扯八道了。

哎，说正经的，你来我这帮忙，一天给二十块，干不干？"

毛二贵露出一副难以置信的表情，说："黑心资本家啊你？最少一天五十。"

何翠姑一听，突然想起一件事来，就问道："毛驴，你不是在外地挣了大钱吗？咋还稀罕给俺帮工这几个小钱儿？"

毛二贵说："废话，谁家嫌钱多了烫手？我这主要是想给你帮忙。"

何翠姑打量着他，说："既然帮忙，那就别跟俺讲价钱了。一口价，三十，你干就干，不干散。"说完，她抬脚就进了家门，作势不跟毛驴谈了。

何翠姑表面上作了个强硬姿态，心里还真有些拿不准，她一边往院里走，一边心里打鼓，毛驴要是坚决不松口，怎么办？要不给涨他到三十五？按葡萄的长势估计，最多再有半个月二十天的，差不多人家公司就来收购了，要是请个帮工总共不超过一千块钱，还算能承受。

没想到毛二贵今天竟然出奇地干脆，跟着她走进了院子，说："成交！"说着，他伸出手来，抓着何翠姑的手，还跟她握了握。

何翠姑赶紧甩开毛二贵的手，说："行，那明天你早点起，一早就跟我去棚里，还有些技术上的事，我得教教你。"说完就走进了院子。

只听毛二贵跟她身后说了一句："没问题，明天见。"

* * * * * *

经过村里的牵线搭桥，毛二贵就正式在何翠姑家的葡萄大棚

第三章　真假大款　83

里"上班了"。十来天过去，老书记张仁义也抽空来大棚，问了问何翠姑毛二贵表现咋样。

怎么说呢？何翠姑觉得，毛驴这人干起活来，优点缺点都很明显。

他的脑子倒是挺灵的，当初农业专家培训完后，把种植指导、注意事项都浓缩到一张单子上，印出来发给种植户，留待他们时时查看比照。何翠姑自己把那张纸反复看了好些遍，才把内容差不多记住。但她跟毛二贵实地在大棚里边干边讲解，只过了两天，二贵就对答如流了。

这是毛二贵的优点，何翠姑不能不承认。但是，他那个干活的态度，就跟自己当初预料的一样，实在是太差劲了。有好几次，何翠姑发现，只要自己不盯紧了，毛二贵就偷偷歇着，有时候更过分，干着活呢，他一天能往家里偷跑两三趟。何翠姑知道他家里有孩子，可是樱桃儿那小丫头也七八岁了。过去在农村，这么大的孩子在家里就跟个小大人似的，做家务、照看弟妹，什么都会干了。现在虽说农村孩子也娇贵了些，但也不至于天天让大人看着吧。

何翠姑看了看不远处的毛二贵，把老书记拉到一边，悄悄地说了说毛二贵的表现，最后总结道："俺决定了，下次再抓到毛二贵偷偷回家，就扣他的工钱！"

张仁义应道："翠姑，那你就看着办吧。不过，也别逼得太紧了，先凑合着忙完这阵子吧。"

何翠姑说："老书记，俺心里有数。"

张仁义点点头，背着手离开了。

第二天清晨，何翠姑早早叫上毛二贵去大棚，两人要赶在上午十点之前给葡萄套袋，免得中午的温度过高，灼伤了葡萄。何翠姑让毛二贵守着一个棚干，自己去另一个棚，打算两下里同步进行，不然怕来不及弄完。忙活了三个钟头，何翠姑累得够呛，看看日头都快爬到头顶了，她不敢休息，赶紧跑到毛二贵那个棚里看看情况怎么样了。

一进棚，何翠姑老远就看见毛二贵在那里伸着懒腰打呵欠，还往嘴里扔了一颗早熟的葡萄。何翠姑不乐意了，一个大男人，干活还没有自己一个妇女利索，跟这儿磨磨蹭蹭的，要磨到太阳下山还是咋的？

她悄悄走过去，转到毛二贵身后，猛地喊了一嗓子："哎！赶紧干活，当心扣你工钱！"

毛二贵被这突然袭击给吓得心里跳了一下，不禁十分恼火：干啥呢这是，还偷偷地监视人，我又不是三岁小孩儿！

他转过身来，不以为然地瞅了眼何翠姑，说："何翠姑，你可以啊。你看你那样儿，那个词儿叫啥来着，对，颐指气使！颐指气使，你懂不？"

何翠姑一听也火了，这死毛驴干活偷懒，还咬文嚼字地倒打一耙！她一手叉了腰，一手指着毛二贵的鼻子，眼看要准备开骂了。没想到毛二贵一看她这架势，反倒笑了，说："哟，瞧瞧你这架子摆的，还真把自己当成书记夫人了？人家可是有正房的！也不照照镜子看看自己。"

何翠姑这下可气急了，喝道："你这浑球儿，你说啥呢！"伸手就去打毛二贵。

毛二贵身手敏捷，往旁边一闪，嬉皮笑脸地说："你敢打我？你要是敢碰我一指头，我就倒下！到时候上医院，半点活儿不用

第三章　真假大款　85

干,你还得照样掏钱!"

何翠姑收回了手,咬牙切齿地说:"你就歇吧。最好歇过去再也别起来!一上午就去了八趟茅房,死毛驴,我跟你说,你要是再敢偷懒耍滑,就给俺滚!"

毛二贵无所谓地一笑,说:"嘿,你以为我愿意来啊,我是看林书记的面子……"

何翠姑说:"愿干就干,不干滚,哪那么多废话?"

毛二贵一听,一边弯腰从地下的筐子里拿出十来个葡萄袋儿,一边说:"干,谁说不干了?"说着就开始往葡萄串上套袋儿,嘴里咬牙切齿地小声嘟囔着:"干,干……"

也不知道何翠姑有没有听清毛二贵在嘟囔什么,她无可奈何地叹了口气,也拿起葡萄袋子,和毛二贵一起干起活来。

第四章 葡萄风波

人一旦忙活起来，只觉得时间过得飞快。转眼已经是七月初了，树上的知了喊得一天比一天响亮，天也一天比一天热。云蒙崮村的葡萄约莫有一小半进入了成熟期。一座座大棚里，挂满了葡萄串儿，有碧玉球似的绿巨峰，有红玛瑙一般的玫瑰香，还有紫中透蓝的蓝宝石，一串串掩映在茂密的绿叶中，煞是好看。

眼见葡萄长势喜人，何翠姑这几天真是一进大棚就忍不住想笑，这一年多的辛苦，真是没白费啊。但毛二贵心里，就不如何翠姑那么愉快了，看到藤上果实累累的葡萄，他的心情有些复杂，有劳动的充实感，又有一丝丝嫉妒，更有禁不住的后悔。他想，要是自己早两年回村就好了，赶着国家优惠政策，弄上几个大棚，以后生活还愁啥？这倒好，村里的好事自己一样儿也没赶上。

这天上午何翠姑交代他，要给葡萄仔细地喷一次杀虫、杀菌剂，这是采收之前最后一次，之后就不能再喷药了。毛二贵答应着，在喷药箱里兑好药水，戴起口罩，背上药箱就进了大棚。

不过，他并没有立刻开始喷药，而是把药箱先卸下来，从兜里掏出一个小布袋子，在棚里转了一圈，捡着已经熟透的葡萄，摘下来放到布袋里，不一会儿就摘了小半袋葡萄。

毛二贵把布袋提在手里，扎紧袋口，走到大棚一角，顺手拿起个筐子给倒扣上，这才背上药箱开始喷药。

今天毛二贵没有耽搁，而是抓紧时间干活儿。但等他喷好了药，也已经快中午了。他收好工具，出了大棚，往何翠姑那边望了望，眼见没什么动静，就拿起装葡萄的小布袋儿，快步往自己家里走去。

一进院门，毛二贵就喊道："樱桃儿，快来，尝尝稀罕东西。"

走到院子中间,他透过窗户,看见樱桃正在窗前站着,手里摆弄着一片花花绿绿的东西。

毛二贵一看见那东西,心口突然一疼,好像被马蜂叮了一口似的,他站在原地好一会儿,才慢慢走进屋。

毛樱桃见他回家,高兴地赶过来说:"爸爸,你回来啦!"

毛二贵的脸色有些阴沉,说:"这东西你哪儿翻出来的?拿过来!"

毛樱桃很少见到爸爸这么严肃,不禁吓了一跳,赶紧把手里摆弄的东西递了过去。那是一个皮影人,一尺多高,绘的是齐天大圣孙悟空。只见这孙大圣,一张桃心脸,两只火眼睛,身穿黄金甲,头戴紫金冠,冠上两根长翅翎颤颤巍巍,手里一条金箍棒称心如意,真个是威风凛凛,栩栩如生。

只不过这孙大圣也有些美中不足,皮影关节上原先装置的细竹棍已经断了,五彩锦袍也缺了小半边,那缺口上微微卷曲,还有一道黑边,好像烧焦了似的。

毛樱桃不知道爸爸为什么这么生气,递过皮影,小心翼翼地说:"爸爸,我收拾屋子,在里屋一个箱子里找到的,就玩了一会儿。你别生气。"

毛二贵的语气温和下来,说:"没事。樱桃儿,以后这个东西不要动。"

毛樱桃说:"哦。"她走到毛二贵身边,接过布袋子,说:"爸爸,你饿不?我去给你盛饭。你去洗洗手吧。"

毛二贵答应一声,走进了里屋。屋子里已经比刚回来那阵子干净了许多,多数是毛樱桃给收拾的。唉,自己这当爹的,真是对不住孩子啊。

第四章 葡萄风波 89

毛二贵叹了口气，把手里的皮影人放回墙角的箱子里，眼睛看着那孙大圣，却迟迟没有盖上箱子盖。十几年前的那个夜晚，那段埋葬许久的伤心回忆，一下子又在他眼前活了过来。

那天晚上，天特别黑，雨特别大，雨水顺着屋顶的缝隙灌进来，砸在地上接水的几个破盆里，"啪啪啪"，响得让人心惊肉跳。毛二贵从外面赶回家，一进门就看见屋中央点着一个火盆，火苗跳动着，给昏暗的屋子染上了一层不祥的光晕。他隐约闻到空气中有一点儿焦煳味，定睛一看，他爹正铁青着脸，把一箱子皮影往火堆里倒。

这些皮影是毛二贵生命中唯一的亮色，他可看得比命还宝贵。见此情景，他什么也顾不得了，扑了过去，伸手就往火堆里刨。火，真是烫，烫得人心里生疼，毛二贵慌忙抓出来一个孙悟空，在手里掐灭了火苗，转眼一看，那些梁山好汉、三国名将的皮影已经快要葬身火海。

情急之下，他转身从地上抄起一个接雨水的盆，把里面的积水一下子泼进了火堆。只听"哧"的一声响，一股沸腾的水汽直窜屋顶，满屋子顿时烟雾滚滚。

紧接着，头上、身上就挨了他爹的棍子，"噼噼啪啪"，就像那毫不留情的暴雨。他逃到院子里，回头看见他爹双眼通红，嘴里喝骂着，拿着棍子朝他追过来。

毛二贵吓坏了，慌忙跑出了家门。村子里的土路被雨水泡得一片泥泞，他深一脚浅一脚地跑了一阵子，气喘吁吁地停下了脚步。只见暴雨如注，闷雷滚滚，天地间一片苍茫。他站在那里，道路在哪里？他真的看不清。

那一刻，他只觉得，爹，容不得自己，这个村子，也容不得自己，无论往哪个方向走，都走不出人生的困境。他突然像发疯一样，胡乱朝着远处的群山跑了起来，心里狠狠地念着："走，我走！走了就再也不回来！"

十多年了，不论在外乡打工的日子多么孤寂，毛二贵都咬牙坚持着，不愿回头。他以为云蒙崮村终将变成一个遥远的旧梦。可他没想到，兜兜转转过了这么多年，自己还是回来了。

如今，村里一切都变了，往日那荒凉破败的景象一扫而光，家家都有了生活的保障、脱贫的门道，人人都在往高了走、往好了走，只有自己，还留在原地，还留在这间破破烂烂的老屋里。

一时间，毛二贵突然有些心灰意冷。他长叹了一声，盖上了箱子。只听毛樱桃在外屋喊他："爸爸，我都摆好了，出来吃饭吧。"

毛二贵答应着，走出来在小桌旁坐下，拿起筷子闷头吃饭。看他一直不说话，毛樱桃有些害怕，放下筷子说："爸爸，咋了？你生气了？我以后不动你的东西了，你别生气了，好不好？"

毛二贵努力挤出了一个笑容，说："樱桃，我不生气了。"他低头扒了几口饭，不禁在心里责怪自己乱发脾气，自己虽然什么都没有，但身边不还有个懂事的闺女吗？过去的事儿，怨天怨地又有啥用？还是抓紧想点儿挣钱的招儿吧。

毛二贵抬起头来，跟樱桃说："哎，樱桃儿，我刚拿回来的那布袋子，你放哪儿了？"

毛樱桃朝那旧写字台努努嘴，说："我放那边桌子上了。"

毛二贵放下筷子，起身到桌边把布袋子拿了过来，解开袋口，给毛樱桃看了一眼，说："大棚里刚熟下来的葡萄，今年头一份儿，我给你洗洗吃，可甜了。"

第四章 葡萄风波

说着他从袋子里掏出两串葡萄，到院子里水龙头下冲洗了一下，伸手揪下一粒，放到毛樱桃嘴里，说："怎么样，甜吧？"

毛樱桃也拿过一颗葡萄，递到二贵嘴边，说："爸爸，你先吃。"

毛二贵摆出一副嫌弃的样子，说："嘁，我天天在大棚忙活，能稀罕这个？你吃。"谁知樱桃不由分说，硬是将葡萄塞进了他嘴里。

毛二贵笑了，说："行，一块儿吃，一块儿吃，别给我塞了。"

他嘴里嚼着葡萄，觉得有点无聊，就去看桌子上垫盘子的报纸、传单。前些天他为了评贫困户，想到要给林大为送礼，就赶去镇里买烟酒。街上有人在发广告传单，他也没细看，一样要了好几张，心想拿回家垫桌子或者擦腚，不也省钱了吗？

那些单子上什么广告都有，有通下水道的，清洗油烟机的，给空调加氟的，都是些毛二贵用不上的服务。他漫不经心地浏览了一遍，就伸手去拿盘子，准备收拾一下赶紧回大棚去，那个"东方不败"跟周扒皮也差不多了，等下找不见自己，又得一顿叨叨。

挪开盘子，毛二贵突然目光一亮，好像发现了什么了不得的东西。他把盘子放到桌角，拿起一张传单，仔细看了起来。那是一张镇里水果超市发的彩页传单。

没想到，这小广告上还有重要信息呢。这张传单上印满了各种水果的照片和价钱，有小半页都是葡萄，看那照片上的品种，不就和自己拿回家的一模一样吗？哟呵，巨峰九块八，蓝宝石十二块，这还是优惠打九折的价。

毛二贵立刻在心里算了算账，乖乖，按照传单上的价格，何翠姑家那俩大棚，得值多少钱啊？自己原先还真少算了不少！

他盯着那些价格数字，琢磨了好一会儿，突然一把抄起传单就往外跑。毛樱桃被他的举动吓了一跳，跟后面喊："爸，你干啥去啊？"

毛二贵回头说了声："没事，你吃完了就先收拾吧。"说完他一路小跑，赶着往大棚找何翠姑去了。

* * * * * *

这会儿何翠姑刚给葡萄喷好药，拿起大扫帚，把修剪下来的藤须叶子归成一堆。她心里惦记着毛二贵那边，不知道棚里的活儿干完没有，于是搁下扫帚想去看看情况。

正赶上毛二贵着急忙慌地跑过来，一照面就跟她说："翠姑，跟你说个事儿。"

何翠姑鼻子灵，刚走到毛驴身边，就闻到他身上飘来一股饭菜的香味。她不禁有点恼火，好嘛，这死毛驴又干着半截活就往家跑，她还没吃上中午饭呢，他倒一顿不落下。

何翠姑还没来得及开口抱怨，就听毛驴说："翠姑，我问你，林大为给你们张罗的葡萄统一收购价，究竟是多少？"

何翠姑一听，心里不禁警惕起来，这死毛驴，咋想起来问这个，难道他看着我家的葡萄长得好，眼红了，想涨工钱不成？她不高兴地看了眼毛二贵，说："你打听价钱干啥？"

毛二贵愣了一下，马上就猜出了何翠姑的心思。他撇了撇嘴说："瞧你那点出息！行，你也不用告诉我了。我知道林大为给你们谈的这收购价啊，肯定高不到哪儿去。我给你看看，这几个品种在城里的实际零售价。"说着，他把手里攥着的超市传单递给

第四章 葡萄风波 93

何翠姑，指着上面的葡萄照片和价格数字说："怎么样？你算算这个账，你这两大棚卖给收购公司亏了多少？"

何翠姑看了传单上的价格，不禁倒吸了一口冷气，说："哎哟，葡萄零卖这么贵呢？"

毛二贵说："可不是嘛，这才是实实在在的市场价。你那合同价啊，是批发价里的批发价，你都折到腰窝了还美滋滋呢。要我说，你干脆自己零卖得了。"

何翠姑算了算账，心里不禁怦怦跳，她这两大棚葡萄，哪怕按照片上价格打六折卖给水果店，也得有五六万块的毛利，确实比合作社的价钱更合适。要不，就自己到市场上零卖？

她想了想，又有些拿不定主意，对毛二贵说："可当初种大棚的时候，俺们可都答应了林书记，将来这葡萄都得卖给合作社。"

毛二贵说："你可拉倒吧！你以为你们的林书记盖大棚是想当菩萨呢？屁！他那是惦记着挣差价赚黑钱呢！"

何翠姑不相信，说："你咋知道林书记挣差价的？"

毛二贵把脸一扭，不屑地说："你懂个啥？林大为跟收购公司谈的什么，能让你们看见？哪怕一斤有个块儿八毛钱的提成，咱村这几十个棚，多少万斤的葡萄，积少成多，他还不发了？这种事我毛二贵在城里见得多了。你听我的，自己卖，我保证你吃不了亏。"

何翠姑犹犹豫豫地说："那人家公司都跟俺们签合同了，过几天估计就来收了，到时候供不上葡萄，我咋跟人家交代？"

毛二贵不以为然，说："合同？他们给现钱了没有？要没给钱，你替人家公司操什么心？到时候就说还没熟下来呗，一句话的事儿。"

他看何翠姑愣愣地不吱声，知道她已经被自己给说动心了，于是趁热打铁地说："我跟你说，这水果的市场价啊是浮动的，一天一个变。时鲜货就图个新鲜，刚上市的时候，价格最高，再等一阵子，葡萄进入旺季，那就要掉价了。你以为全国就咱一个村种葡萄啊，南方的，新疆的，哪儿没有好葡萄？到时候大量上市了，葡萄越来越不值钱，你还想卖这个价，做梦去吧你。"

何翠姑被他说得有些着急了，仿佛看见葡萄的价格在一块钱一块钱地往下掉，赶忙说："那咋办？我也不知道该往哪儿卖啊，这么些葡萄，找谁帮我运出去啊。"

毛二贵拍拍胸脯说："急啥？有我呢。你要同意了，我今天下午就去镇上，多找几家水果超市、水果店儿什么的，给你谈谈价。谈好了我就租一个农用三轮回来，明后天咱赶早摘了葡萄，拉到镇上卖去。"说着，他走到大棚里，张望了一下，跟何翠姑说："这俩棚，第一批熟的能有几百斤了吧？"

何翠姑说："肯定有了，哎，这刚喷了药，能卖吗？别给人吃坏了。"

毛二贵说："我看了，合作社给配的药，兑了千倍的水，没事儿，散一两天就差不多了。再说，城里人成天嫌这脏嫌那脏的，还不知道好生洗洗再吃啊？"

想想几百斤葡萄马上就要变成几千块钱，何翠姑有点激动，说："行，那你赶紧去吧。"话刚出口，她转念一想，又觉得不太对头，把脸一板，瞅着毛二贵说："不对！天下哪有这样的好事？你肯定没安好心。"

毛二贵脸上露出一副看稀奇的表情，说："嘿，我这好心还当了驴肝肺啦，要不是看你一个人怪不容易的，我才懒得帮你。"

第四章　葡萄风波

何翠姑不相信,他毛二贵啥时候关心起弱势群体来了?他要真能顾念寡妇生活不容易,怎么前阵子刚回村就讹了自己一只鸡?这次他肯定有啥阴谋。

她镇定了一下,说:"帮我?你这种无利不起早的主儿,能那么好心?说吧,你到底想干啥?"

毛二贵笑了笑,伸出一根手指,说:"我啊,就是不服气咱村那第一书记。嘴里跟我说得好听,结果就给我找这么个活儿!跟你这几十天,挣不到个千把块钱。指着这点钱,我和闺女得喝西北风啊。我看林大为是想消灭我吧,那我可不能让他如愿。"

何翠姑打断了他,说:"别扯这些,你实话说吧,帮我卖葡萄,有啥条件没?"

毛二贵说:"翠姑,帮你卖葡萄这事儿,我倒也没别的要求,一斤你给我提一块钱,剩下的,你挣出金山来,我也不眼红。从往外运,到集上卖,都包在我身上,你看咋样?"

何翠姑很会算账,按毛驴开的条件,她一斤葡萄少说能多挣两三块,何况还不算毛驴的人工费。她真想一口答应下来,但想到林书记和合作社,又有点狠不下心,犹犹豫豫地说:"可是……"

毛二贵看她这个吞吞吐吐的样子,不耐烦地说:"可是啥?我可跟你说,你要不干,我找别人去,到时候你可别后悔!"说完从何翠姑手里抢过那张超市传单,转身就走。

何翠姑一把没拉住人,赶紧快走几步,赶上毛二贵说:"你等等,哎,俺,俺豁出去了,就这么干。"

毛二贵停下脚步,说:"想通了?说定了?那我这就往镇上去。"

何翠姑笑着说:"行,快去吧。回来给我个准信儿!"

毛二贵举起手,朝何翠姑做了个"OK"的手势,转身走了。

他先回了趟家,跟闺女毛樱桃说要到镇上去,又问孩子有什么想吃的,给她买回来。毛樱桃说什么吃的也不要,让二贵给买一本《新华字典》回来,要学自己查字典。

毛二贵答应了,翻开抽屉,从前些天买的烟里拿出两包揣进兜里,就往镇上去了。

这天下午,他在镇上转了一大圈,看见卖水果的超市或者大一点的水果店,就过去跟人递烟、攀谈,问问葡萄的价格、货源和日常走货量。情况摸清楚了,他就跟人提出可以给供货,说自己的货源就在镇子周边的村子里,可以每天早上现摘现送,保证新鲜。店主也不用付什么定钱,如果嫌货不好,他立马拉走。

到傍晚的时候,毛二贵总共谈下了六七家水果店,店主们都给出了大概的收货价格,但他们也说了,水果这东西,价格波动大,每天过来的时候还是要随行就市。毛二贵答应下来,心想这事可真是赶早不赶晚,于是抓紧时间跟镇上租了一台农用三轮车,开着回了云蒙崮村。

车子走在路上,晚风溜溜地滑过毛二贵的脸,感觉挺凉爽。他摸了摸口袋里给孩子买的字典,心里盘算着,哪怕能把何翠姑的葡萄卖掉一半,十天半月的,也能弄个万把块钱了,到时候就送樱桃报名上学去。

* * * * * *

接下来的几天,毛二贵和何翠姑两个人忙得团团转,一天也没休息。

　　每天早上四五点钟,两人起来洗把脸,就到大棚去采摘、装车。天刚蒙蒙亮,那辆租来的农用三轮车就满载着葡萄,驶上了出村公路。只有在路上这一会儿,俩人才能凑合着吃点儿东西。

　　何翠姑会在头天晚上烙好三张面饼,夹上点咸菜,装在小挎包里。等她坐上了副驾驶座,就取出来,自己吃一张,给毛二贵吃两张。好在这个时候路上没什么车,毛二贵就一手掌着车把方向,一手拿着饼往嘴里塞。

　　几天下来,高岭镇大大小小的水果店都认熟了这一男一女,以为这是一对能干的小夫妻。每天六七点钟,总能看到他俩拉着满车葡萄挨家送货。一到门口,那男的便跳下车,埋着头往下搬货,来来回回,一趟趟往店里送;女的则通常站在门口,笑眯眯地咧着嘴,站在那儿点钱。等那男的搬完货,出来上了车,那女的便麻利地坐上副驾驶座,像个女主人一般,伸手一指,说:"走,下一家!"

　　这天送完货之后,两人坐上三轮车,何翠姑从腰包里掏出一叠票子,笑眯眯地跟毛二贵说:"二贵,辛苦你了,这是两千块钱,你先拿着。过几天看能再卖多少,再给你结。"

　　毛二贵接过钱,"唰唰"点了一下,塞进兜里,"嘀嘀"地按两下车喇叭,说:"行,走吧,咱打道回村!"

　　何翠姑说:"先不忙回。二贵,咱俩来回跑好几天了,都没去镇上逛逛。现在天儿还早,咱逛逛吧,看有什么东西可买的。"看来不管是城市女性还是乡村女性,都有一个统一的爱好,那就是逛街购物。

　　毛二贵笑笑说:"行,那我今天就舍命陪寡妇了。"

何翠姑瞪了他一眼说："呸，狗嘴吐不出象牙来。"说着，她也笑了，又说："哎，我想先到商场买几件衣服，然后你也替我想想，还有啥可添置的。"

毛二贵和大多数男人一样，觉得跟女同志逛商场买衣服，跟上刑场的感觉也差不了多少，他一听何翠姑要去"血拼"，赶忙说："整天见你换衣服，衣服还不够多啊？还买个啥？钱又不是风刮来的，得花到点子上。要我说，不如咱去买辆新式的三轮车，烧电瓶的，省得租这柴油机的，开起来突突的，吵得我耳朵都要聋了，烟又大。"

何翠姑眼前一亮，说："二贵，你说得对。自己有辆车，以后干啥都方便。"

商议定了，两人就去把租的车还了，跑去农用车专卖店里看车。在店里，何翠姑拉着人家店员问这问那，把几个型号反复比对，磨蹭了一下午，终于掏腰包给钱，买了一辆电动三轮。

买好车，太阳已经偏西了，两人开上车往回走，路上看到水产市场的牌子，何翠姑又下去称了两斤河虾，捞了一条海鱼，放在车上，说今天高兴，要改善一下生活。

太阳红艳艳的，照着新三轮上的油漆也是红艳艳的，看着特别喜庆。何翠姑只觉得全身好像充满了劲儿，就跟这新车上的电动马达一般。而毛二贵的兜里，安安静静躺着两千块钱，也让他的心里觉得十分踏实。两个人心情都不错，一路上，随口闲聊，说说笑笑，气氛很是融洽，任谁看了也想不到，前一阵他俩还是一见面就掐架的冤家。

眼见快到村口了，毛二贵跟何翠姑说："哟，刚才忘跟你说了，下次再到镇上的时候，你记着办驾驶证啊。一般警察也不怎么查农用车,但真要给你抓了,到时候也挺麻烦的。"

何翠姑赶忙问:"啥样的驾驶证?"

毛二贵想了想说:"好像C4证就行吧。"

何翠姑说:"啥四证?这我可不懂了。要不下次你陪我一起去办?"

毛二贵说:"哟,啥都叫我给你干,我还真成你家的长工了?"

何翠姑从腰里掏出手帕,讨好地给二贵擦了擦脸上的汗,笑着说:"不敢,辛苦你帮帮忙呗。"

毛二贵不置可否,瞅着何翠姑那个巴结人的样子,不禁哈哈大笑。

不多会儿,两人便开进了村。到了家门口毛二贵问:"车放哪儿啊?"

何翠姑下了车,说:"先搁你院儿里吧,早起你开车方便。等过几天葡萄卖完了,有空你再教我怎么开。"

毛二贵听了,就把车推进自家院子。没承想,何翠姑也跟着进了他家院子。一进院,她就朝屋里喊道:"小樱桃,做饭了没?没做就别做啦,跟你爸去我家吃吧,婶子给你露一手儿。"

毛樱桃听到叫她,从屋子里跑了出来,腰上系着一条不合身的大围裙,两只小手湿漉漉的。一见毛二贵回来了,她先喊了声"爸爸",然后对何翠姑说:"翠姑婶儿,还没呢,我这正刷锅准备做饭呢。"

何翠姑说:"那就行啦,别做了,去我家吃。你快来看看我和你爸买的新车,我去给你们弄饭去。马上就能做好,你们爷儿俩一会儿就过来呀。"说完,她从车上取下镇里捎回来的鱼虾,转身往自家去了。

毛二贵停好车,在车前站着看,毛樱桃也凑了上来,前前后后围着新车看了一圈,问毛二贵:"爸爸,你们这是挣了多少钱啊?"

毛二贵说:"这车是你翠姑婶子的,你爸挣的钱啊在这儿呢!"说着,他从兜里掏出那叠百元红票子,跟兜里揣了半天,都焐热乎了。

毛樱桃睁大了眼睛,高兴地说:"这么多钱!爸爸,你可真厉害!"

毛二贵摇了摇头,说:"你是小孩儿没见过钱。这点钱够干啥的啊,过两天,等爸再多挣一点儿,就送你上学校念书去,还给你买新衣服,行不?"

毛樱桃拍着手说:"行!"

毛二贵摸摸孩子的头,说:"走,上你翠姑婶儿家吃好的去!"说完,这爷儿俩便往外走。一脚刚迈出大门,毛二贵的眼角余光好像瞄到路口有个人影一闪。他转头往那边一看,却什么也没看到。

毛二贵指着路口方向问孩子:"樱桃儿,你刚才看到那边有人过去了吗?"

毛樱桃朝那边看了看,又扭头看看四周,说:"哪边也没有人啊,爸爸,你看花眼了吧?"

毛二贵笑了,说:"嗯,估计我是饿迷糊了,走,吃饭去。"说着,便带着闺女拐进了何翠姑家的院子。

毛二贵不知道,他可没看花眼。那会儿,确实有个人躲在那边路口的墙角后面,偷偷伸头往他院里看。这人是谁呀?云蒙崮村的知名人士——"大喇叭"!

第四章 葡萄风波 101

"大喇叭"也是村里的葡萄种植户。前天晚上他吃了点儿中午的剩饭，没想到天热了剩饭容易馊，夜里他就开始闹肚子，折腾着上了好几趟茅房，一夜都没怎么睡着。眼看天也快亮了，他就爬起来，心想今天干脆早点去大棚干活吧。

"大喇叭"家的大棚紧靠着村口，他刚走到村口路上，就瞧见一辆农用三轮，拉着满满一车葡萄往村外走。"大喇叭"这个人虽然嘴巴大，但心思挺细的，不然的话，他怎么总能第一个发现村里大大小小的动静呢。

那时候天还没大亮，"大喇叭"隐隐约约地看着车上那俩人，觉得好像是毛二贵和何翠姑。他怕自己弄错了，就暂且把这事儿藏在肚子里，当天跟谁也没提起。第二天早上，他特地又起个大早，偷偷埋伏在自家大棚旁边，等了有小半个钟头吧，果然看见那辆农用三轮又拉着一车葡萄进城去了。这次可看清楚了，那车上坐的，可不就是毛驴和小寡妇嘛。

"大喇叭"当时就猜着了，这俩人是偷摸着把葡萄卖到城里了吧。俗话说，无利不起早，何翠姑既然这么干，肯定是城里的价格高啊。"大喇叭"这两天便留心盯着这两个人的动静。

今天傍晚，一切线索都严丝合缝地连到一起了。

"大喇叭"清清楚楚地看到，毛二贵和何翠姑回村，喜笑颜开的，还换了一辆崭新的电瓶三轮车回来。这辆车是最新款式，车斗还能向后翻，要是运个粮食或沙石之类的散货，一翻车斗就能卸货，省得人去搬了。他之前到镇上看过好几次，最便宜的型号也得小五千块钱，他手头紧，一直没舍得买。

这何翠姑才往城里卖了几天葡萄啊，就挣了辆车。"大喇叭"心想，自己一个大老爷们，咋还没一个妇女脑子灵活？这肯定是毛二贵给出的主意。想到这里,他实在是按捺不住了,这种好事,自己可不能落下,当然了,自己的好哥们儿二虎也不能落下。

他盘算了一晚上,第二天也不去自家大棚,径直跑到二虎家的大棚,把二虎叫了出来。

二虎不满意地说:"干啥啊,'喇叭',我这棚里正忙着呢。"

"大喇叭"神秘地朝二虎挤了挤眼,说:"二虎哥,你家的葡萄打算咋卖?"

二虎奇怪地瞅了一眼"大喇叭",说:"你这是大早上就喝多了吗?还能咋卖,林书记不是给咱联系人了么!"

"大喇叭"往二虎身边又凑了凑,压低声音说:"你听说没?二贵跟'东方不败'去镇上自己卖葡萄,不到三天的时间就赚了个电瓶车回来,老赚钱了!"

实际上,何翠姑到底是卖了三天还是五天葡萄,"大喇叭"是拿不准的,他故意拣着更短的时间段来说,为的就是制造个惊人的对比效果。

他的目的达到了,二虎一听,就惊得瞪大了眼睛,嗓门也提高了一个八度:"真的假的?"

"大喇叭"急忙朝他又打手势,又使眼色,说:"你喊个啥?小声点儿!这事儿除了我'喇叭',没人知道。我可是拿你当亲兄弟才跟你说这事儿,我琢磨着,不能钱都让臭毛驴子和'东方不败'赚了去。我也打算回家整点儿葡萄出去卖,你觉得咋样,跟我一块儿卖不?"

二虎连忙压低了声音说:"卖啊,肯定一起卖啊!"

"大喇叭"说:"成,明天咱一起拉葡萄进城。"

"大喇叭"和二虎说好了,第二天便早早摘了葡萄,拉到镇上

第四章 葡萄风波 103

去卖了。这两人不知道，他们犯了一个错误——光盯着价格，却忘记了价格背后的另一个重要因素，供求关系。水果这东西，到了着色期，简直是一天变一个样，二虎和"大喇叭"决心自己去镇上卖葡萄的时候，云蒙崮村的大棚葡萄已经开始大批量成熟。他两家每家一天都能摘个一两千斤，虽说两家都有三轮车，竟然一趟都装不下。

二虎心眼实，眼看一车装不下，就跑去跟邻居家借车。在农村，谁家有点事儿就别想瞒着别人，二虎借车的时候，支支吾吾地不说要去干啥，邻居当时也不多问，但随后就悄悄跟过去看。

这下子村里有人偷卖葡萄的事，可是纸包不住火了。村里其他的种植户看着眼热，纷纷有样学样，都自己摘了葡萄偷偷到镇上卖。

于是短短几天时间里，小小的高岭镇就被葡萄大军给攻占了。

高岭镇的城镇区并不算大，才六七万人口，一天几千上万斤的葡萄涌进来，怎么能吃得下？各家水果店一见这情景便纷纷降价，从七八元一斤"突突突"直跌到两三元。种植户们头一次直面市场经济的价格机制，脑子不由自主都热了起来，被恐惧挟裹着，进入了羊群效应的状态，拼命大甩卖。你家卖三块，我就卖两块，大家似乎都忘记了，自己来镇上卖葡萄的初衷是为了多挣钱，而不是比谁甩卖得更快。

那情景，只能用一个词来形容，惨烈！

※ ※ ※ ※ ※ ※

云蒙崮村的葡萄大战，只有三五个人被严严实实地蒙在了鼓里，那就是第一书记林大为、老书记张仁义和主任赵海霞等几个村里的领导骨干。都说农村闲话传得快，可这件事上，村民们的保密工作却做得十分出色。如果不是鼎力集团按照约定派人来收货，还真得上好一阵子这事儿才能暴露。

话说这天一早，林大为接到了郑海洋打来的电话。郑海洋说，公司上午就派收货专员小王过去，带着冷链货车队来村里收第一批葡萄。林大为连连答应，说到时候自己也会到收购现场盯着，看收货专员需要什么协助。

挂了电话，林大为高兴地哼起了小曲，一会儿一看挂钟，只嫌时间走得慢，希望小王快点来。上午九点半，他的电话响了，只听对方说："您好，是林书记吧？我是鼎力集团的收货专员小王。"

林大为听着对方口气里似乎压着一股不满情绪，不由想到，哎呀，自己光顾着高兴了，跟办公室里傻等这半天，应该早早去村口迎接人家车队才是。

他赶忙说："是，我是林大为。小王，你到村里了吗？我去接你。"

只听小王说："不用接了，我们车队就在大棚这边，您可抓点儿紧过来吧，有事儿要跟您说。"

挂了小王的电话，林大为觉得好像有点不大对头，他赶紧到广播室里招呼上赵海霞，让她跟自己一起到葡萄大棚那边去。

这些天老书记张仁义出远门走亲戚去了，不在村里。临走的时候，他交代赵海霞，一定要每天都抽空到村委会来，协助林大为的工作。

林大为叫上赵海霞，两人一路疾走，远远就看见大棚区旁

第四章 葡萄风波

边停着一排冷链大货车,有个穿工作服的小伙子正蹲在路边抽烟。林大为走上前去,那小伙子站起来,对他说:"您就是林书记吧?"

林大为说:"是,你就是小王同志吧?你好,已经看过我们的葡萄啦?"

小王把手里的烟头扔在地上,拿脚使劲碾灭了,说:"林书记,你们村的葡萄,都被种植户私自卖了,你知道这情况吗?"

林大为吃了一惊,说:"啊,不能吧?"

小王说:"您自己去这路头的几个棚里看看吧。熟的葡萄摘得一粒儿都不剩了,只有些青蛋子了。种植户说了,他们觉得自己零卖价格高,都摘了自己卖到镇上了。"

林大为心里清楚,小王绝对不会拿这事跟他开玩笑,赶紧赔着笑脸说:"小王,你和师傅们先歇会儿,我马上问问他们到底怎么回事。"

赵海霞一听,赶忙说:"林书记,你先陪师傅们在这稍等会儿,我这就找种植户他们问问去。"

好几家种植户就在旁边不远的地方站着,望着那一排货车,小声地互相议论着什么,满脸不知所措的样子。赵海霞过去,把他们拉到一旁,几句话就问出了私卖葡萄的来龙去脉和"罪魁祸首"。

她很不满意地数落了他们两句,赶紧走到林大为这边来,把情况说了一遍。林大为气得脸色都变了,说:"胡闹!给他们打电话,先把带头的何翠姑给我叫回来。"

赵海霞掏出手机拨通了何翠姑的号码:"翠姑,你们咋回事?"

只听何翠姑在手机里说:"咋了海霞?啥事啊?"

赵海霞生气地说:"葡萄!人家公司来收葡萄了,车队就跟村里等着呢。之前不是说好了么,谁让你们私自拉到镇上卖的?赶紧回来!"

何翠姑回话说:"行,我这就回去,先不跟你说了。"然后"嘀"的一声挂了电话。赵海霞没工夫再去计较何翠姑的态度,赶紧跟林大为说:"翠姑说,他们马上就回来。"

林大为朝海霞点点头,又满脸歉意地对小王说:"小王师傅,真对不起,是我的疏忽,没有盯紧我们村的种植户。让你们空跑了一趟,实在对不住,回头我请师傅们吃饭。这葡萄不是至少能熟个两三批吗?咱看啥时候能收下一批,还得麻烦你们跑一趟。"

小王摆了摆手说:"林书记,您不用客气。我跟您说,没有下一批了,刚才您过来之前,我就跟公司汇报了咱们这边的情况。公司说,既然葡萄被村民拿去私卖了,就不收咱们这儿的葡萄了,合约自动作废,也不用你们赔偿什么的。其实,这个项目之前是丁书记和郑总帮忙牵头做的。要是没有他们,我们白总也……林书记,要不然我看就这样了吧。"说完,他转身就要上车。

林大为还没说话,一旁的赵海霞可急坏了,一把拦住小王说:"师傅,别走啊,他们正往回赶呢。要不你再跟海洋说说,他怎么也是我们村走出去的人,他不能不管我们村民的死活啊!"

小王客气地跟林大为、赵海霞笑了笑,什么也没说,转身就上了车。他探出车窗,前后打着手势,招呼车队出发。一排大卡车转眼就开走了。

林大为眼睁睁地看着车队开出了村,脑袋里几乎一片空白。他慢慢地在路边坐了下来,呆呆地望着面前连成片的葡萄大棚。

赵海霞也在他旁边坐下，过了一会儿，她像是想起了什么，从口袋里掏出几页纸来，那是跟鼎力集团签的统一收购协议。

赵海霞把协议递给林大为，说："林书记，咋能说不收就不收了，咱跟他们可是有合同的……"

林大为接过合同，手止不住地微微发抖，声音也有些嘶哑了："合同！咱要求人家讲合同，可咱自己呢？在人家看来，这是信用，是脸面，是命根子！可咱却拿着当废纸，当垃圾，连擦腚都嫌硬……"说着，他看也不看，把手中的协议撕成碎片，丢向了天空。

这一刻，可能是林大为在云蒙崮村近两年来，心情最低落的时候了。

不过，在这一刻，"罪魁祸首"何翠姑的心情，比他也好不到哪里去。

这天上午，她和毛二贵在镇上转了几圈，一箱葡萄还没卖出去呢。人家水果店的人一看见拉葡萄的车来了，都赶忙跑出来，朝他们连连摆手，说不要不要，拉走拉走。云蒙崮村的葡萄，前些天还是镇上的香饽饽，这两天简直成了臭狗屎，这落差真是天上地下。

何翠姑不甘心，让毛二贵拉着葡萄又跑了一家店铺。刚到店门口，赵海霞的电话来了，何翠姑招手让毛二贵先进店里问问情况，自己站在门口接了电话。听到海霞说葡萄收购和催她回村，她一下子觉得特别疲惫和委屈，没心思跟海霞多说就挂了。

何翠姑这边刚挂了电话，就看见毛二贵从店里出来了，她迎上去说："二贵，刚海霞给我打电话，说今天收葡萄的来了，正好，咱赶紧的，把这车没卖掉的拉回去，争取还能卖给合作社。"

毛二贵看起来怒气冲冲的,发动了车子后他狠巴巴地说:"走!"

何翠姑问:"你咋了?"

毛二贵咬牙切齿地说:"我说好好地咋突然就卖不出去了,敢情是二虎这个王八蛋偷着降价坏了行情,人家水果店的都跟我说了,这连着几家店都趁便宜屯了货,多的再也不要了。走,你回去卖葡萄,我去找二虎算账去。"说着他就拉着何翠姑和滞销的葡萄,开上了回村的路。

车还是那辆车,路还是那条路,唯一不同的,就是两个人的心情了。一路上,毛二贵板着脸,把车开得飞快,何翠姑皱着眉头,一直没有吭声。

一到村头,两人就看见一伙人在大棚片区那边站着,那是七八家种植户,团团围住了林大为和赵海霞。毛二贵不愿意跟林大为他们打照面,就把车停下了,对何翠姑说:"你先去大棚那边看看,我找二虎算账去!"说完,他就直奔村里去了。

何翠姑下了车,匆匆走到大棚边上,只见那几家种植户正哭天喊地地跟林大为叫冤。这几户并没有跟风私自卖葡萄,而是老老实实地等待公司来收购,谁知城门失火,殃及池鱼,他们遭受损失,可真是太冤了。林大为被众人围着,面色凝重,嘴里不住地重复着:"我再想想办法,再想想办法。"

何翠姑听了几句就明白了,人家公司是生了村里的气,不会再来收葡萄了。要是在几天之前,葡萄行情还好的时候,何翠姑并不会特别害怕这个消息,可是今天,她知道,起码一多半的葡萄可能真的要烂在自家手里了。她带着最后一丝侥幸,走进了自家大棚,一进去,幻想完全破灭了,棚里那些熟了的葡萄,还原原本本地挂在藤上,一串也没被收走。

何翠姑转身出了大棚,想要和那几家种植户一起,找林书记说道说道,可一出大棚,她就感觉双腿一软,当即在棚门口拍着大腿号啕大哭了起来,一边哭一边喊着:"这葡萄可不是琉璃球啊,多放一天就都得长毛淌水儿。我该咋办啊?一年多辛苦,是白费了哟。老天爷,你咋不长眼啊,让人越干越穷啊……"

赵海霞本来心里生着何翠姑的气,打算好生批评她一下,可看见何翠姑哭成那个样子,心里也难受了起来。她走过来拉起何翠姑,想要劝她几句。

突然,众人看见"大喇叭"朝这边跑过来,离着大老远,他嘴里就不住地喊:"林书记,林书记!二虎和二贵在村里打起来啦,要出人命了!"

"啥?"赵海霞吓了一跳,"这两个没出息的货,越乱越添乱!"

林大为眉头紧锁,跟赵海霞挥挥手,说:"唉,走,去看看。"

"大喇叭"领着林大为、赵海霞,还有那几家种植户,急急忙忙一齐往村里跑。一到二虎家门口,就看见二虎和二贵在地上扭成一团,两人脸上都挂了彩,一个嘴角见红,一个眼眶青肿,也看不清身上是否受了伤。周围站着一圈人,其中有不少是葡萄种植户,大家心里都暗恨这两个人起头动歪点子坏了事,连累了全村,没一个人肯去拉架。二虎媳妇瘫坐在地上,吓得嗷嗷直哭。

只听二贵一边挥拳,一边骂道:"你是男人不?说好的一口价,你转眼就反悔,你让别人怎么活?"

二虎招架着,嘴上也不示弱:"要不是你撺掇,我们能出去自己卖?你还有脸说我?"

毛二贵气得一拳打在二虎嘴上:"说你？今天我打不死你！"

林大为抢上前去，一把拽住毛二贵的肩膀就往后扯，厉声说:"都给我住手！"

趁着毛二贵被林大为这一拽的功夫，二虎挣脱出来，站远两步，说:"死毛驴，你闹的事你还打人，老天爷咋不一个雷劈死你！"

毛二贵还要拼命往外挣，骂道:"我卖我的，你们眼红个啥？天打雷劈，你们一个也跑不了！"

林大为气坏了，把二贵的手一把摔开，迈步往两人当中一站，说:"打，谁再打，都来跟我打！"

二虎和二贵谁也不敢去打林大为，都气哼哼在那站着不说话，二虎媳妇跑过来，两把抹干净眼泪，对林大为说:"林书记，您来得正好，当初大伙可是听了您的话，才种的大棚葡萄，现如今您可不能不管了啊！"

赵海霞一听，心头一股火气再也按捺不住，站出来说道:"二虎家的，你还好意思说这话？今天也就是仁义叔走亲戚不在家，他要是在，就得当面骂到你脸上！当初是林书记鼓励大家承包大棚不假，可人家那连销路都找好了的，可你们瞧瞧你们后来干的那叫啥事？为了多卖几个钱，一个个的不讲信用，现如今葡萄卖不出去了，又想起人家林书记了，还要不要脸！"

二虎媳妇的脸一下子红了，她自知理亏，也不理会赵海霞，依然盯着林大为说:"林书记，俺们……俺们知道错了，您大人不记小人过，无论如何都得帮帮俺们啊……"这次，她的语气一下子软了。

见林大为不言语，二虎媳妇"扑通"一声在他面前跪了下来，

第四章 葡萄风波

哭着说:"我和二虎外头还欠着好些债,俩孩子还都上学,老人跟家里瘫着,不能断了药。俺一家人全指望这仨大棚过日子呢。葡萄要卖不出去,俺一家人就没活路了……"

林大为见状,赶紧把她扶起来,说:"嫂子,你这是干啥,快起来!"

二虎媳妇拖着不愿起来,说:"林书记,你不答应救俺,俺不能起来。"说着,眼泪鼻涕哗哗地又流了一脸,也顾不得擦。

这时二虎突然跑到林大为面前,抡起了巴掌,猛抽自己的脸,一边打一边说:"林书记,我二虎不是东西……"

林大为急忙抓住二虎的手,连连说:"二虎,别这样,别这样。"

二虎两口子还没拉扯明白,旁边围观的种植户们也凑了上来,围着林大为,有的哭,有的喊,有的也抽着自己嘴巴子,七嘴八舌地央求他帮忙。

林大为百感交集,他手忙脚乱地拉着这个,扶住那个,脸上努力微笑着,连声劝解:"大伙儿先别急,咱们一起想办法……"

一群人中,只有何翠姑没上前去央求林大为,而是在一旁呆呆地站着。毛二贵在人群中看到了她,悄悄走到她旁边,歉疚地说:"翠姑,对不住,耽误你的收成了。"

何翠姑看了他一眼说:"不怪你,是我自己贪心了。唉,你看你嘴角上破的,回头别忘了擦点红药水。"

毛二贵摇了摇头,说:"没事儿,死不了。"说完他就趁大家不注意一个人走了。

第五章　神秘捐款

在林大为的反复劝说下,村民渐渐都散去了。林大为感觉非常累,好像全身的力气都用光了,他冲海霞点点头,抬脚往村委会走去,赵海霞想说什么,又止住了,跟上了林大为的脚步。

一路上,两个人的心情都很沉重。走了一会儿,赵海霞忍不住了,试探着问:"林书记,咱村的葡萄,你说还有没有办法可想了?"

还有没有办法,林大为心里也没底,他努力地控制着自己,尽量用积极的语气对赵海霞说:"海霞,我尽力想办法吧,办法一定会有的。"

赵海霞是个聪明人,知道林书记这是在安慰她,便没有继续追问。到了村委会门口,林大为说:"海霞,要不今天你先回家吧,有事我再叫你。"

赵海霞说:"林书记,我还是跟村委会里多待一会儿吧,万一有啥事需要我呢。"

林大为点点头,没有再说什么,两人一起进了村委会广播室。

进屋后,赵海霞一声不吭地坐在了办公桌前。林大为想了又想,还是拿出手机分别给郑海洋和镇里的丁书记打了电话。

他知道,村里出了这个事,最对不住的就是丁书记和郑海洋了。人家费了那么大的工夫,促成葡萄收购项目,却在他林大为手里搞成了烂摊子,他必须好好给人家道歉。他林大为是村里的第一书记,不管哪个村民挑头出了问题,最终都是他的责任,最终也必须他来补救。

在电话里,林大为又请求丁书记和郑海洋再帮忙跟鼎力集团的白总沟通一下,看收购协议能不能挽回。这个过程中不论需要他做什么，他都愿意不遗余力地去做。

郑海洋在电话里显得十分为难，他说，公司白总为了这个违约的事儿发了一通火，说他要是还想在公司干下去，就别再提"云蒙崮"这三个字。看样子，这事儿实在是没有什么转圜的余地了。

出乎林大为意料的是，丁书记倒没有批评林大为，反而安慰和勉励了他几句。但听到林大为的想法，他表示，现在葡萄进入旺季，一时半会儿，不论是他个人还是镇里，都很难再找到有实力的公司来包销云蒙崮的葡萄。上次跟鼎力集团的白总也是谈了好久才谈下来的。所以说，这次还是要请林大为自己发动资源解决这个事情，当然镇里可以给予必要的协助。

赵海霞在旁边大概意思都听到了，心止不住地往下沉，也不敢多说什么，只好暂且在办公桌前坐着，等着看林大为有什么吩咐。林大为挂了电话，脸色十分难看，他打开朋友圈，一个个地询问熟人朋友，想要找到能批量收购葡萄的门路。

到中午的时候，林大为已经在朋友圈里问了个遍，大家都没能帮上忙。没办法，一个村的大棚葡萄不是小数量，时间又紧迫，谁能一下子吃进这么多货呢？

赵海霞说："林书记，十二点了，要不咱先吃点东西垫垫吧。"林大为重重地叹了口气，放下了手机。

这当口，两个人哪里有心思去弄什么正经午饭，就烧了壶水，泡上两碗方便面凑合一下。刚拿起筷子，还没挑上两口面条，只听有人走了进来，笑呵呵地对他们说："林书记、海霞，你俩跟这吃啥忆苦饭呢？看，我给你们带了德州扒鸡，快来吃。"

原来是老书记张仁义回来了。他和老伴儿到德州市走亲戚走了七八天，人虽然不在村里，但心里总惦记村里别有啥事。这一回村，他连家也没回，就先来村委会看看，还给林大为他们捎了点特产。

林大为和赵海霞赶紧放下筷子，起身招呼张仁义。张仁义把带来的扒鸡搁在桌上，动手去拆真空包装，半天也听不到两人吱声，不禁心里奇怪。他抬头一瞧，发现两人的表情有点不对头，就问："你俩咋了这是？不爱吃鸡啊？"

赵海霞把鸡拿到一边，说："老书记，村里出事了。"

张仁义把包搁在木沙发上，一边问道："咋了？"

赵海霞看了眼林大为，说："大棚葡萄！咱村有一多半的种植户，偷偷把先熟的葡萄拉到镇上自己卖了。今天人家公司来村里收葡萄，人收货员一看咱们不守信用，说以后就不来收了。"

"啥？"张仁义一听坐不住了，"咋敢这么胡闹呢，是谁挑的头？"

赵海霞说："种植户说，他们看到毛二贵和何翠姑到镇上卖葡萄，几天就挣了不少钱，就都眼红了……"

张仁义听了，气得吹胡子瞪眼，骂道："准是毛驴给翠姑出的主意！我这就找他算账去。"

林大为拦住了他，说："老书记，事到如今，你就算骂死他，又能怎么样，算了，他们在镇上也没捞着卖几天，价格就给拉下来了，都没挣到几个钱。眼下葡萄就快要大批熟了，咱仨还是一块儿想想，怎么把村里的葡萄销出去。"

张仁义皱着眉头说："林书记，这事儿你跟镇上丁书记汇报了没有，他咋说的，能不能再求他给想想办法？"

林大为说："我打过电话了，丁书记嘴上没批评我什么，但心里肯定很失望。丁书记上次能把项目帮咱谈下来，跟白总那儿肯定费了不少劲儿。这个事儿一出，咱不光丢自己的脸，还把镇里的脸面都给丢尽了，丁书记咋能再插手这个事儿？"

张仁义说："要不，咱还是再问问海洋，让他给找找销路。"

林大为摇了摇头说："这两个人我都给打过电话了，海洋就更没办法了，那公司又不是他开的，他说白总已经朝他发了好大的火。这次啊，咱是坑了人家了。"

张仁义想了想，又说："林书记，要不你再找找你市里的同学朋友们，上次村里装路灯，不就是你朋友给帮的忙吗？"

林大为说："上次是我爱人拐弯抹角找的人。这次情况有点不一样，关键是这大批量的葡萄，时间又紧，谁能一下子给收了去啊？"

张仁义听了，又低头琢磨了一会儿，说："林书记，一家公司收不了，咱多找几家行吗？"

林大为好像受到了启发，说："对，老书记，你说的是，我试试这个思路。你和海霞先等会儿，我给我爱人打电话问问。"

说完林大为马上拨通了周萍的电话，就听电话那头她说："哟，林大书记怎么有空给我打电话了？我还以为你忘了你有老婆孩子呢。"语气透着十分的不满。

林大为微微一愣，赶紧捂着话筒小声说："媳妇儿，有啥事儿等我过几天回家再说，我现在这边有个特别要命的大事儿。"

张仁义和赵海霞一见这情景，怕林大为觉得尴尬，都要往外走。林大为给他俩做了个手势，示意他们别走，然后自己拿着手机，远远到外面走廊里对着电话说："媳妇儿，有个事儿得请你帮忙……"

第五章　神秘捐款　117

话还没说完，只听周萍生气地说："帮忙帮忙，成天让我给你帮忙！孩子生病了你知不知道？整天一心都扑在村里，你还有完没完了？"

林大为吃了一惊，赶忙问："孩子怎么了？"

周萍说："出风疹了，一身的红点点，痒得不行，还连带着发高烧。我刚请了假，现在带她在医院打吊瓶呢。"

林大为着急地说："啊！这么严重？那我今晚就回去看看。"

周萍说："等你回来看？等你，我们娘儿俩死了你都不知道！"

林大为见周萍真的发火了，连连给她道歉，说今天不管怎么样，都要回家一趟看看。周萍又接着牢骚了好几句，渐渐也没什么新词了，林大为也很担心女儿，就赶忙问："孩子好好的，怎么出了风疹？"

周萍说："唉，她们班上有个同学，不知怎么得了风疹，这个病传染得特别快，两三天就传染了班上十几个孩子，好像其他班级也有。学校老师让得病的孩子都回家看病，休息几天。"

林大为问："那医生怎么说的？"

周萍说："大夫说，这阵子市里好些孩子都得了这个病，都快成个小规模的流行病了。这几天，儿科里忙得不可开交，打吊针的孩子太多，注射室坐不下，都安排到走廊里了。我跟窗口排队挤了半天才挂上的号。喂，你说啥都得赶紧回来，这个吊针怎么也得打几天，我可没法天天请假。"

林大为说："是是是，我这马上就回市里，不等晚上了。"

挂了电话林大为走回广播室，张仁义关心地问他："林书记，你要家里有事儿的话，就先去忙吧。"

林大为烦恼地抬起双手，往脸上搓了搓，说："家里孩子病了，我爱人正在医院呢。"

赵海霞一听，赶忙说："林书记，这可不是小事，你赶紧回市里看看去吧。"

林大为点点头，说："我这就回去一趟。老书记、海霞，葡萄的事儿你俩不要太担心了，我回去看了孩子，就跟我爱人商量商量，看有没有啥出路。万一不行的话，我就再去找找我市委里的领导、同事们，说啥也不能让咱村的种植户血本无归。"

张仁义说："行，我叫'大喇叭'来，让他开三轮车把你送到长途汽车站去。林书记，你这次回市里，也别太急着当天就往回赶了，跟家里陪孩子一两天吧，村里有我盯着呢。"

不一会儿，"大喇叭"开着三轮车来了，林大为便搭上三轮，到镇里的长途汽车站去乘回市里的车。好在当时不是车流高峰期，路上不怎么堵，大约一个多钟头，林大为便回到了临沂市区。下了车，林大为给周萍打了个电话，知道她娘儿俩已经挂完水了，让林大为直接回家。

林大为有些着急，就没再转公交，直接叫了出租车赶回家。

一进家门，林大为就发现周萍她们娘儿俩已经在家里了。女儿林思源躺在客厅沙发上，周萍在旁边坐着，拿着女儿的小手边吹边抱怨说："唉，这护士这技术，看把我闺女的手给扎的。"

林思源的脸正对着大门方向，一看到林大为进门，马上从沙发上跳了起来，直扑到他怀里。林大为把女儿抱了起来，笑呵呵地说："哎哟，我闺女又长个儿了，真沉啊，赶明儿该抱不动你了。"

周萍转头看看林大为，见他两眼通红，嘴唇上起了一层干皮，就起身给他倒了一杯水，往茶几上一搁，说："抱不动是小事

第五章　神秘捐款　119

儿，就怕赶明儿你都不认识你闺女了。"

林大为嘿嘿一笑，说："那绝对不可能啊。"

周萍招呼孩子说："思源，快下来，还发着烧呢，你就皮。"

林大为把孩子抱回沙发上，自己也坐了下来，喝了口水，说："大夫给开了几天的吊针啊？"

周萍说："先开了三天的，大夫说，这风疹来得快，去得也快，差不多能好。实在不行，再多挂几天水。"

林大为一听，悬着的心放了下来，说："哦，行，明后天我带孩子去医院吧。"

林思源听林大为这么说，开心地爬到他腿上，说："好，爸爸带我去。打完针，你给我买奶酪球吃，我还想听你讲故事。"

周萍对林大为说："吃什么奶酪球，你别带着孩子出去乱吃啊，出疹子不能给她吃发的东西。"

林思源一听，小嘴儿一噘，不高兴地坐到一边去了。林大为说："闺女，爸爸带你吃别的好吃的去，故事也给你讲三个，好不？"

林思源这才重新高兴起来，坐在爸爸妈妈中间，一家人有的没的聊了会儿家常，周萍突然说："哎，有个事儿请你劝劝你闺女。"

林大为奇道："啥事儿还用我劝她，媳妇儿大人做主不就得了？"

周萍瞥了他一眼说："你这闺女跟你一个模子倒出来的，我哪儿管得住啊。这不，她前段上的作文训练班结束了，我想再给她报个周末的奥数班，她不愿意，非闹着要学画画。"

林大为说："她想学画画就让她学呗，这有啥可劝的？"

周萍说:"瞎扯,升学考试是考数学还是考画画啊?现在升学竞争那么激烈,能由着孩子胡闹?"

林大为感觉孩子偷偷拉了拉他的胳膊,转头一看,女儿林思源的小脸儿上满是恳求的神色,他悄悄给孩子使了个眼色,对周萍说:"不怕,孩子还小,先让她画两年看看成果,升学你怕啥,高考还有美术生呢。要是闺女真有艺术天赋,咱可别给耽误了。"

周萍不禁笑起来:"你爷儿俩就合伙对付我吧。还艺术天赋呢,你老林家出过艺术家没?"

林大为说:"我爷爷是钢铁工人,我爹是纺织厂的会计,到了我呢,是公务员。按这个发展道路,到了思源这一代,你说能不能出个艺术家?"

周萍说:"啥道路?我咋没看出来?"

林大为笑了,说:"社会进步和国家发展的道路啊。一个良性发展的社会,其公民的精神追求也应该从基础到上层,节节走高啊。你看,第一代人从事重工业,第二代人是轻工业,第三代是公共服务业,到了思源这一代,不该到哲学、艺术层面了吗?前一代人的选择,不就是为了给下一代打基础吗?"

周萍琢磨了一下,说:"好像你说的还真有点儿道理。"

林大为趁热打铁说:"对啊,孩子喜欢画画,就让她学去。我跟你说,人啊,说到底还是思维和精神层面在主导行为。你就说我们村里吧,落后就落后在思维上,不懂市场经济和契约精神,国家有政策,自己也辛苦劳动了,最后还是出了岔子……"

没等他说完,周萍就听出了弦外之音,她打了林大为一下,说:"我就知道,你三句话就得往你们村上扯。说吧,你中午提的是啥事儿?"

林大为憨憨地一笑，说："媳妇儿英明，啥也瞒不过你！唉，你知道我们村的大棚葡萄吧，前一阵子费了好大的劲儿，找到商贸集团统一收购。谁知道种植户贪小便宜，葡萄一熟就拉了到镇上私卖。人家公司说我们违约，这事儿就黄了。现在葡萄眼看就要烂在棚里没人收了，村里鸡飞狗跳、鬼哭狼嚎的，我也是犯了个大错误啊，真不好跟领导交代。"

周萍一听也犯了难，说："你是想让我帮你找人收葡萄啊？这么大的量，我上哪儿给你找接盘的去？这种都是提前协议收购的。"

林大为说："唉，难就难在这儿，我都快愁死了。媳妇儿，你可不能眼睁睁看着不管啊。"

周萍说："你这一下乡，全家跟着！"

林大为没吱声，起身给周萍作了个揖，脸上一副哀求的表情。

周萍说："你成天道理一套套的，自己就没啥想法吗？"

林大为说："我们村老书记建议说，一个公司收不了，多找几家公司联合着收，我觉得也只能按这个思路走了。这不是觉得周大记者神通广大，想请你帮忙找几家公司嘛。"

周萍说："得了吧！我就是个小记者。你想，找一家公司通常得洽谈多久？你这还让我谈好几家？我倒不怕，慢慢谈呗，就怕你们村的葡萄等不起。"

林大为一听，脸色都变了，一下子站起来，在屋里走来走去，眉头紧锁。

过了一会儿，只听周萍说："你干啥呢？晃得我眼晕，赶紧给我坐下。我想了个法子，你看行不？"

林大为听她这么说，心里又燃起了希望，赶忙坐回她身边，说："啥办法？媳妇儿你快说。"

周萍说："我看啊，你们村就别光想着走公司收购这一条道儿了，咱来个社会收购不行吗？不用通过商贸公司把葡萄带向市场，而是把你们村直接变成市场。不管是公司，还是个人，只要想买葡萄的，就去你们村直接买呗。你们村去年费那么大劲儿修公路，干啥使的？不就为了啥人都能随时进村吗？"

林大为说："你意思是打广告啊？广告费可超出村里预算了，我咋向镇里领导开口啊？"

周萍说："笨，我难道不知道你们村花不起钱？咱市里电视台有我一个大学同学，是做新闻编导的，你找他去登一条求购信息啥的，在新闻上滚动播出几天，不比打广告强？"

林大为听了，高兴地一把抱住周萍，说："媳妇儿万岁！快打电话帮我联系。"

周萍当即拿起手机，给同学打电话，简单说了一下情况。当天傍晚，林大为和周萍便一起找了个特色粤菜馆子，请周萍的编导同学吃饭谈这事。

饭桌上，林大为又把情况仔细介绍了一遍，张编导说："大为，别的事情，我真不敢答应你。但精准扶贫算是最近的新闻热点，我回去跟领导汇报一下，应该问题不大。"

林大为一听高兴坏了，说："张导，那真谢谢你了。改天我还得请你好好喝顿酒！"

张编导说："你就别客气啦。扶贫工作是国家大计，我们这些做新闻的，不能去一线，还不能给敲敲边鼓啊？"

周萍问道："老张，你脑子是最快的，咱这条广告怎么做，现在你有初步的想法没?"

张编导说:"我感觉干巴巴地弄一条滚动信息,效果可能不太好。到时候我派两个摄制组去云蒙崮村,现场录几条片子,在本地新闻上播出。"说着,他又看了看林大为,笑着说:"大为,你也要出镜上电视了,把你那发型好好捯饬一下。"

周萍听了,伸手薅了一下林大为的头发,说:"你看你这头发,多久没好好剪剪了,跟毛张飞似的,净给我到外边丢人!"

张编导听了哈哈大笑,林大为也不好意思地笑了。

※ ※ ※ ※ ※ ※

吃完饭回到家,周萍摸摸女儿的额头,发现孩子的烧已经退了,就允许她在客厅看会儿电视。她去厨房切了一盘西瓜,端过来让林大为和孩子一块儿吃。

林大为拿了一片,吃了两口就坐不住了,摇头晃脑地在那念念有词。周萍问:"你干吗呢? 老实会儿行吗?"

林大为说:"你老公这不是要上电视了吗,我先练练词儿。"

周萍白了他一眼,不去理会他,自己也拿了片西瓜,边看电视边吃了起来。过了一会儿,只听林大为说:"媳妇儿,我想明天先带孩子打了吊针,傍晚就回村去。"

周萍把瓜皮往盘子里一丢,说:"我就知道! 你这好容易回来一趟,你不去你妈那里看一眼? 你行啊你,官儿不大,倒学会三过家门而不入了。"

林大为说:"我打过电话了,我妈说她身体挺好的,家里也没啥事,再说还有我妹照顾着呢。我想赶紧回去跟村里统计一下情况。你看,这葡萄要是零卖,不得好好记记账?后天,就辛苦你带孩子再去一趟医院呗。我看闺女已经不烧了,三天之内准能好。实在不行,我再赶回来就是了。"

周萍已经懒得再说林大为了,无奈地说:"行!我要说不行,有用吗?"

林大为没搭腔,猛啃了几口手里的西瓜。

第二天,林大为带孩子打完针,便急匆匆地赶回了云蒙崮村。在路上,他给赵海霞打了电话,让她赶紧通知村里的葡萄种植户,让各家先统计好各家的产量,统一报到村委会来。

回到村里,赵海霞已经在村委会等着他了,各户的产量已经做好汇总,明明白白地列到一张纸上。林大为仔细看了一遍,说:"海霞,你真是难得的人才,村里真是多亏你了。"

赵海霞不好意思地笑了笑,说:"林书记,这些琐碎事不算啥。对了,你家闺女咋样了?昨天你回城里之后,我们都挺担心的,又怕耽误你的事,也没敢打电话问。"

林大为说:"没事儿,小孩儿出风疹,打两针就好了。"

赵海霞长出了一口气,说:"那我们就放心了。"

林大为说:"眼下还不能放心啊,等村里的葡萄真正卖出去,大家才能缓口气儿。"

赵海霞问:"电视台的人啥时候来啊?"

林大为说:"我跟电视台编导说了情况紧急,估计就这两天吧。"

张编导看来确实对云蒙崮村的事儿很上心,次日便派来了市电视台的摄制组。周萍也没有闲着,又帮林大为联系了几家传统媒体和社交平台上的名人。这样电视台、记者和一些自媒体人士,几班人马陆陆续续地都赶到云蒙崮村来了。

其中最吸引村民注意的,当然还是电视台的摄制组。电视台导播带着两个摄像师,不但拍摄了大棚葡萄的情况,还顺带拍了几段片子,介绍云蒙崮村的自然风光和村里的建设、产业等等。看来,张编导的构思已经不局限于推销葡萄这一项内容,而是打算给整个云蒙崮村做个推广片了。

电视台来了人,可把张仁义乐坏了,他请林大为专门去录葡萄的求购信息,自己则带着另一组摄像师去拍云蒙崮的推广片儿,一天工夫,上山下地,把云蒙崮里里外外转了个遍。摄像师扛着令人新奇的专业设备,所到之处,引起了村民的围观,有些精明又胆大的村民,还跑到镜头前露了脸,宣传自家的农产品。

晚上送走电视台的人,张仁义感觉自己两条腿像灌了铅似的,有点儿后悔自己逞能,没带上大儿子给他买的拐杖。

但累归累,他的情绪却挺高涨,一边捶腿一边乐呵,跟林大为、赵海霞一起,在村委会里待到很晚,连连夸赞林书记有本事,把一场风波硬生生扭转成机会了。

接下来,市里的电视台在新闻和综合两个频道,把云蒙崮村葡萄丰收却滞销的片子,滚动播出了整整一个星期;市里几家报社登出了专门报道,到村里来过的自媒体们也都头条推送了这个信息。

现代社会信息传播的力量是惊人的,这一个星期里,小小的云蒙崮村忽然一改往日的宁静,变得比过年还热闹。不但本市的人来买葡萄,连周边县市的人也来了不少。其中有水果批发商和零售摊贩,有企事业单位发暑期降温福利来采购的,还有普通市民趁休息日来郊外游玩,顺带买点新鲜水果蔬菜的。

大家的购买量有多有少，累积在一起却不容小觑。林大为和张仁义组织村里的党员干部，接待来访的客户，而赵海霞则随着每笔成交更新产量表上的记录。每天早上，三个人要简单开个碰头会，布置一下当天的任务，到了晚上，再一起总结当天的销售情况。

　　赵海霞记录的葡萄剩余量数字在一天天地变小，她脸上的笑容却一天天变大。一星期过去，那个数字只剩下了原先的零头。

　　这天傍晚，赵海霞算完最后一笔账，喜笑颜开地跟林大为和张仁义说："林书记、老书记，咱村的葡萄基本就算都销出去了，还剩下的这一点儿，咱村里各户分一分，留着自己吃就行了。"

　　林大为笑着说："好！那我也得尝尝咱村的葡萄，你看谁家富余得多，我明天上他家买点儿去。"

　　赵海霞说："哎呀，这是林书记牵头搞的项目，结果你还不知道是啥味儿呢。说出去，真是笑话了。"

　　张仁义说："大为啊，咱们自己人，你还买个啥，回头我给你要几斤去。"

　　林大为哈哈一笑，说："那我不成了白吃了？该掏钱还是得掏钱啊。"说着他看了看挂钟，对张仁义说："老书记，都快七点了，你跑了一整天，快回家休息吧。我和海霞最后再整理一下账目，葡萄这事儿就圆满了。"

　　张仁义说："行，那我先回去了。"说完就笑眯眯地走出了村委会。

　　林大为和赵海霞留在办公室里，说说笑笑地继续整理账目。不知过了多久，"大喇叭"突然满头大汗地跑了进来，冲着他俩喊道："林书记、海霞姐，出大事儿了！快跟我走。"

林大为疑惑地问:"'喇叭',怎么了?"

"大喇叭"说:"二虎,二虎他病倒了,救护车都开来了!"

林大为和赵海霞一听,都吓了一跳,救护车都叫来了,可见不是小病,两人赶紧把手里的文件放下,跟"大喇叭"一起往二虎家跑。

二虎家门口已经停了一辆救护车,车厢后门大开着,两个戴口罩的医护人员,正用担架把二虎往车厢里抬,他媳妇在旁边正抹眼泪。救护车旁边,还有二虎家门前的路上,都站满了人,神色惊慌地围在那里。

林大为看见老书记张仁义也在车门旁边,就挤过去问道:"老书记,二虎这是怎么了?"

张仁义说:"二虎今天早上说不舒服,本来没当回事,等卖完葡萄回家,吃着饭脸色就变了,捂着后腰直喊疼。他媳妇以为这几天累着了,就说给他揉揉,谁知没一会儿工夫,人就疼晕过去了,他媳妇就赶紧叫了救护车,路上堵,这不车才到。"

说话间,只见二虎媳妇匆匆跳上救护车,医护人员关上了车门,拉响了警笛,就往村外开。村民们跟着车的方向走了几步,都停了下来,相互之间小声议论着。

林大为又问张仁义:"知道是什么毛病吗?"

张仁义摇了摇头,说:"以前光知道二虎肾上有点毛病,跟这个是不是有关系?我也不太清楚。"

赵海霞走过来说:"刚我跟救护车旁边听了几句,医生说,看这症状八成是尿毒症,不过,还得到市里医院检查过才能确诊。"

不知道什么时候,毛二贵悄悄凑了上来,赵海霞话音还未落,只听他嘴里突然提高声调,半唱半念地来了一句:"云蒙岗,鬼神多;断头路,修不得;太岁头上要动土,索命恶鬼把你捉!"

村民们听到他这一唱,都围拢过来,七嘴八舌地说:"毛驴,这真是得罪鬼神降了灾?"

毛二贵长叹一口气,说:"可不是咋的?唉,这三岁娃娃都知道的事,咋就有人偏偏不信呢?瞧着吧,只怕这才刚开始呢!"

林大为搞不清二虎到底得了什么病,本来就有点着急,听了这话,冲着毛二贵说:"二贵,你胡说什么呢?唯恐天下不乱!"

张仁义也跟旁边帮腔,说:"大伙儿不要信这些个封建迷信,有病治病,要相信科学!这几天都累了,快给我都回家歇着去。谁敢跟村里瞎传谣言,我张仁义第一个不答应。"

何翠姑这会儿也在人群里,见到两位书记都动了气,就跑过来拉了一下毛二贵的衣角,说:"说啥呢,净瞎说你。快走。"说着,拉起毛二贵就往旁边走。

毛二贵也不挣扎,顺势让何翠姑给拉到一边,他回头瞅了眼林大为和张仁义,一边走一边说:"你知道个啥,我可不是瞎说。我在外边打工的时候,修路盖房的活儿也没少干,更邪乎的事儿我都经历过。我跟你说,风水里头的道道儿可有讲究了,人家大老板都信……"

"行啦!"何翠姑打断了毛二贵的话,赶紧拉着他快走几步,离开了现场。

这边,林大为、张仁义和赵海霞劝散了村民,结伴回到了村委会,说一起等等医院的消息。

这真是一波方平,一波又起,三个人的眉头还没舒展几天,操心的事情又来了。

第五章　神秘捐款

办公室里,林大为和张仁义坐在那儿一声不吭。张仁义心里烦躁,想抽根烟,一摸口袋才想起来,因为他以前得过肺病,留下个老病根儿,最近老伴儿逼着他把烟给戒了。

林大为见他在口袋里空摸了一下,知道他想抽烟,就拿出一包递过去说:"老书记,我这有,抽我的。"

张仁义摆摆手说:"戒了戒了,林书记,你也争取戒了吧。你看,人的身体多脆弱,二虎今年才多大年纪……唉,平时都得注意身体啊。"说完,他端起茶杯,一口接一口地喝了起来。

林大为点头称是,把烟收了起来,只听张仁义又说:"林书记,有句话,我不知道当说不当说。"

林大为说:"老书记,我一直把你当我叔,你有啥话就直说。"

张仁义说:"要我说啊,刚才二贵的话也不是全没道理。你记得咱村的铁柱吧?他可是个老司机了,啥路没开过,咋能说出事故就出事故了?当年,唉……我知道咱们是党员,可是有些事吧,宁可信其有,不可信其无啊。"

林大为还没接话,赵海霞的手机突然响了,她怕打扰两位书记说话,就出去接了电话。一会儿工夫,赵海霞进来了,说:"医院那边来消息了,说二虎情况不太好,叫什么肾衰竭的预兆,要进重症室,得马上安排住院治疗。二虎媳妇告诉我,她身上带的钱都交住院费了,医生说,接下来还有好多样的治疗费用,让她赶快回家筹钱。二虎媳妇跟我说着说着就急哭了,她说她家里这个情况,满打满算,可能还差着三万来块……"

林大为听了,走回里间宿舍,一阵开抽屉的声音过后,他走出来,递给赵海霞一个空白信封,说:"海霞,我这儿还剩一千块钱,你回头给二虎家的送去,一会儿我再想办法找点儿。"

赵海霞为难地拿着信封,说:"林书记,你公务员那点工资,我又不是不知道。况且你家孩子小,正是用钱的时候。你别太为难了,咱们再想想办法。"

张仁义见状,也掏出了钱包,说:"我也凑上点儿。"

林大为看到老书记也要出钱,心里过意不去,再说俩人加一起,也远远不够,还是得想法尽快筹措起三万块钱。

他稍微想了一下,说:"老书记、海霞,咱三个人再加村里那几个党员,恐怕也凑不上三万块。众人拾柴火焰高,我想跟村里写个募捐告示贴出去。"

这时张仁义把钱包里的几百元都拿了出来,塞到海霞手里,对林大为说:"你想发动大伙儿捐款?"

林大为点点头,说:"你觉得行吗?"

张仁义沉吟了一会儿,说:"都是乡里乡亲的,应该也不会见死不救。海霞,那你现在就动手写告示吧,写完咱贴出去。明早我再开广播通知全村。"

赵海霞答应着,开始动手写告示。

林大为跟张仁义说:"老书记,我想去医院看看情况。"

张仁义说:"林书记,今天也不早了,你就别去市里折腾了,还得转几趟车。明天我骑我大儿子的摩托车去,来回都方便。你和海霞就留在村里,赶紧招呼大伙儿捐款。"

林大为答应了。这时候赵海霞也写好了告示,拿出去贴在了村委会的公告栏里。

第二天一早,林大为和赵海霞在村委会前的小广场上摆了一张桌子,桌上放了一个募捐箱,在那等着村民来捐款。刚开始,林大为还是挺乐观的,他记得当年汶川地震的时候,他还在企业

第五章 神秘捐款 131

工作，当时公司里总共七八十个人，捐了差不多二十万呢。云蒙崮村不富裕，但全村有二百户人家，一家捐个一二百的，也就凑上三万元了。

谁知道，他俩从旭日东升等到日上三竿，一个捐款的村民都没来。到中午的时候，张仁义从城里回来了，只看见林大为和赵海霞两个人孤零零地守在那里，把小小一个广场衬托得格外空旷。

张仁义停好车，走到两人跟前，摇了摇募捐箱，感觉里面空荡荡的，就问："咋了？没募到几个钱啊？"

赵海霞愁眉苦脸地回答他："一个人也没来。老书记，这可怎么办啊？"

张仁义叹了口气，看了看林大为。林大为紧紧抿着嘴，眼睛盯着村头，目光坚定，对张仁义也像是在对自己说："再等等！"

再等等就再等等吧。

日头从东边升到了头顶，又从头顶渐渐西沉，照耀着村委会墙头上贴的扶贫标语。村民们一个个地去大棚或田间劳作，又一个个地相继回家。田里的稻草人被风吹得摇摇摆摆，村子里的鸡群慢悠悠地溜达着刨食儿，狗子们时不时地汪汪几声……

一整天就这么过去了，村委会的广场还是静悄悄的，那个大红纸糊的募捐箱还是空荡荡的，只有箱子上两个大字——"爱心"显得特别刺眼。

干坐了一天，赵海霞有些无精打采了，对林大为说："林书记，要不今天就这么着吧。白天都没人来，这会儿吃晚饭更没人来了。咱把桌子收进去吧。"

林大为的神情也有些落寞,他点点头说:"行,你也早点回家吧,在这盯了一天了。"说完,他就动手把桌子板凳往屋子里搬,赵海霞抱着募捐箱,跟他一起把东西先放回了广播室。

临出大门的时候,赵海霞问林大为:"林书记,明天咱还摆桌子搞募捐吗?"

林大为干脆地说:"摆!"

赵海霞叹了口气,点点头,就离开村委会,回自己家去了。

云蒙崮的人心难道真的这么冷漠?林大为说什么也不相信。

* * * * * *

第二天早上,村委会前的小广场上又摆出了募捐箱。林大为、张仁义和赵海霞分成三班,说好一个人守两小时,其他人先去忙别的工作。赵海霞说她来先值第一班。

眼看上午十点多了,林大为出了办公室,打算接替赵海霞。他刚走到募捐箱跟前,就看见一个人跑进了广场,是"大喇叭"。

"大喇叭"就像往常一样,调门起得老高,大老远就朝着这边喊:"林书记,六奶奶来了。"

林大为和赵海霞一听,赶紧迎了出去,张仁义从村委会办公室里听到"大喇叭"这一嗓子,也连忙走了出来。

这六奶奶是哪位大人物啊?

六奶奶倒不是什么大人物,不妨说是云蒙崮的头号老人物。她今年八十七岁了,是整个村里最为高寿的一位,像赵海霞、"大喇叭"这个年纪的人,真得喊她一声"奶奶"。老人家是村里的"五保户",日子过得清贫,为人却非常和善,全村的人,不管老少,都很敬重她。

只见六奶奶拄着拐杖,颤颤巍巍地朝募捐箱这边走了过来,林大为他们三人急忙上前搀扶。六奶奶搭住林大为的手,跟大家打了个招呼。

林大为说:"六奶奶,您老咋来了?"

六奶奶把拐杖在地面上使劲儿戳了一下,说:"我生气!"

张仁义说:"六奶奶,谁惹您生气了?我给您出气!"

六奶奶说:"我气这些个狠心的人,见死不救!"说着,她把手伸进怀里,摸索出一个手绢叠成的小包,慢慢打开了,里面是两张百元的钞票。她把钱拿出来,递到林大为手上,说:"林书记,这是我的一点儿心意,你们拿去,给二虎子看病。"

林大为轻轻把钱推了回去,说:"六奶奶,您老的日子也过得紧巴巴的,这钱我们不能收。"

六奶奶嗔怪地看了他一眼,说:"拿着,一定得拿着!这钱,又不是你们要收,是二虎的救命钱啊。"

赵海霞看不过去,扶着六奶奶说:"六奶奶,您的心意我们收到了,您把这钱收好,回头我给您垫上这一份。"

六奶奶说:"这是啥话?孩子,你垫的和我掏的能一样吗?"

赵海霞不好意思地笑了,只听六奶奶又跟林大为说:"林书记,不瞒你说,当年,我儿子满仓就是得了病没钱治,才走的。他走的时候,村里人都说,他是因为以前参加过修路队,在太岁头上动土,惹上了恶鬼索命。要我说,纯属放屁!那就是没钱治病,活活疼死的!当初要能有你这样一个好书记想着他,满仓他——他也不会死。唉,我那苦命的儿啊……"

六奶奶想起了伤心事,不禁老泪纵横。她抹了抹眼泪,扶着林大为的胳膊，硬是走到募捐箱前，把手里那二百元钱投了进去。

林大为看看心里很不是滋味，对六奶奶说："六奶奶，您说得对。乡里乡亲的，不能眼睁睁地看人病死，都得尽一份心。"

六奶奶拍了拍他的手，转身就要走。张仁义赶紧招呼"大喇叭"，好好把六奶奶送回家。

眼看"大喇叭"扶着六奶奶慢慢走远了，林大为对赵海霞说："海霞，打电话通知咱村全体党员，就说召开紧急会议！"

赵海霞连忙应了。除了党员，她还通知了二十来户平时总能支持村委会工作的积极分子。

半个钟头之内，云蒙崮村的党员和积极分子们陆续汇聚到了村委会，张仁义安排他们在会议室里一一坐定。

会议室的墙上挂着鲜红的党旗，屋子中间是一张长长的会议桌，二十张椅子上坐满了人，还有十来个人就从外面搬来椅子，坐在后面。

林大为见人都到齐了，就清了清嗓子，说："今天在座的，除了党员、预备党员，还有咱们村的积极分子。大家知道今天为什么要开这个会吗？"

大家互相看了看，终于有个人开腔了，低声说："为了二虎捐款的事。"

林大为点了点头，说："原来大家都知道啊。告示贴出去一天多了，给二虎治病的钱目前还差三万块。大家的心思我明白，是觉得修路触犯了鬼神，人肯定救不回来了，不愿意白白掏这个钱。老百姓这么想，我能理解，谁的钱也不是大风刮来的，可咱在座的各位可都是党员，这觉悟不能跟普通老百姓一个样啊！"

第五章　神秘捐款　　135

林大为说到这里,顿了顿,目光在大家脸上扫视了一圈,有几个党员不敢直视他的眼睛,惭愧地低下了头。

林大为接着说:"我知道,村里都说,当年在修路的事情上死过三个人,不知道大家还记得他们吗?我了解了一下,一个叫杨大桥,一个叫丁铁柱,还有一个叫曹满仓,前些年他们到城里打工的时候,确实都在修路队干过活儿。可大家想过没有,这三个人真的是因为修路死的吗?我觉得压根就跟修路没关系!

"他们究竟是怎么死的?大家一个村里的,真的不知道吗?

"杨大桥,在外头欠了好几万的债,实在还不上了,绝望之下喝了农药。丁铁柱,为给儿子攒学费,连着开了二十四小时货车,疲劳驾驶,翻到沟里,出了车祸。还有满仓,六奶奶的独生儿子,当初得了肝病,实在没钱治了,才从医院拉回来,六奶奶眼睁睁地看他咽了气。"

林大为说的这些事儿,大家不是不知道,但把人祸归结为鬼神,似乎能让人心里好受一点。鬼神降罪,那是天灾,常人没有办法抵抗,也就没什么责任。

林大为停顿了一下,又说:"村里人总是说,他们的死是因为修路触犯了恶鬼。这话说得对,确实是有鬼怪在作祟!"

大家听到这里都愣住了,本以为林大为要批评他们迷信鬼神,没想到说了半天,竟然也说起鬼怪作祟。大家一时摸不着头脑,交头接耳,一阵窃窃私语。

只听林大为说:"大家觉得,这是什么鬼怪?"

看到大家疑惑地纷纷摇头,林大为说:"这鬼怪可不一般哪,不是《聊斋》里头张牙舞爪的恶鬼,而是在落后地区欺软怕硬的穷鬼!大家想过没,如果当初要有钱给杨大桥还上债,帮铁柱儿子交上学费,把满仓送到医院治病,他们仨能死?他们三个,当年最大的才四十八岁啊!

"杨大桥要是不死,他媳妇也不会带着孩子改嫁;丁铁柱要是不死,他儿子当年兴许就是咱村第一个大学生;满仓要是不死,六奶奶能孤零零成了'五保户'?

"各位仔细想想,这些悲剧,哪一个不是因为穷闹的?哪一个是村里乡亲真帮不上忙的?我理解,咱们村日子过得都不宽裕,但人命关天啊。

"这次二虎一家遇上了难事,咱们这些党员能不能先带个头,作个表率?我相信只要全村人齐心协力帮他一把,就一定能把这个穷鬼斗败了,就一定能把二虎给救过来,大家说是不是?"

众人听了,都开始点头。

有人大声说:"林书记说得对,咱们党员,是该帮二虎家一把。"话音未落,又听见有人说:"林书记,你放心,散了会我就回去做工作,我们张家人绝不落后!"又有人接着说:"我们李家人也绝不落后……"

一时间,群情激动,会议室里所有的人都表了态。林大为也激动地站起来,连连跟大家道谢。只有老书记张仁义静静地坐在那里,望着情绪高昂的林大为,好像在考虑着什么心事。

等散了会,赵海霞问林大为:"林书记,你说这回能行了么?"

林大为说:"我感觉,今天大家的态度还是挺真诚的。"

赵海霞还是有点担心,说:"大家开会时心情激动,答应捐款,会不会回头又反悔了啊?"

林大为想了想,说:"你说得也对。这么着,你弄一个花名册,等人来捐款的时候,做好记录,谁谁谁捐了多少元,做成大红榜贴出来,每天一更新,捐得多的,就给排前头。"

赵海霞说:"这是为啥?"

林大为笑了笑,说:"这也是一种发动群众的工作方法,有些事,除了号召,也要给乡亲们制造一点心理压力。人嘛,遇到上红榜的事儿,谁都不愿意显得自己落后不是?"

赵海霞一听也笑了,朝林大为竖了竖大拇指,便去准备捐款名册了。

林大为开的这次紧急会议,当天下午就看到了效果。村民们接二连三地来到村委会的小广场上,围着桌子掏钱捐款,手里拿的大多都是一百或五十的票子。赵海霞在那坐了一下午,一边收钱一边记录,忙得不可开交。

晚上,赵海霞也没回家吃饭,留在村委会清点捐款,统计对应的名单。她刚刚把钱点好,按面值分成几沓,桌上的手机响了。赵海霞接了电话,是二虎媳妇从医院给打来的,只听她急切地问:"海霞啊,咋样了?大伙儿愿意给俺家捐钱吗?"

之前老书记张仁义去医院看二虎的时候,已经把村里捐款帮二虎治病的事说了,让他两口子别担心钱的事,安心治病养病。二虎媳妇千恩万谢,但让她不担心是不可能的。这个当口,钱就是命,命就是钱啊。眼看等了两天,村里还没有消息,医院又催得紧,她实在忍不住,给赵海霞打了电话。

赵海霞对二虎媳妇说:"村里好多人都来捐钱了,我刚点过,差不多快够三万块了,我们几个干部再想法凑一凑。你跟医院好好说说,再等一两天,村里凑齐了就把钱给送去。"

挂了电话,二虎媳妇心里自然是忐忑不安,赵海霞也不禁犯了愁。她嘴上跟二虎媳妇说,村里给捐了差不多三万元,那其实是善意的谎言，是怕二虎家着急才那么说的。实际上，她刚才清点了两遍，全村的捐款还不到两万块。

赵海霞感到很为难，群众捐款，捐多捐少都是心意，村里不可能硬搞摊派。再说了，村里各家这两年虽然日子稍微宽裕了些，可那种一分钱恨不得掰成两半儿花的日子，大伙儿还记忆犹新呢。

实在没办法，赵海霞把钱归拢好，把捐款记录也拿在手里，走进了林大为的办公室。她一进门，林大为就问："海霞，咋样？钱够了不？"

赵海霞摇摇头，说："林书记，一共捐了一万多块钱，医疗费还是不够！刚才二虎媳妇给我打了电话，说医院急着催款，这可怎么办呀？"

林大为看她一脸焦虑的样子，说："海霞，你别急。剩下的事儿交给我了。我今晚就去趟医院，看看二虎去。"

赵海霞问："林书记，你有啥办法？看病还能不给人医院交钱？"

林大为说："那肯定得交，我看能不能找医院领导沟通一下……"

正说着，门外突然进来了一个人，三十多岁年纪，留着圆寸，穿着白衬衫，显得十分精神。这人一进门，就亲热地冲林大为喊道："大为！我来了。"

林大为循声望去，是王志平。这位是他在那个"第一书记"高参群里认识的朋友，目前在邻镇的田家沟工作，真可谓同一个战壕里的战友了。

林大为拉着王志平，拍了拍他的肩膀，高兴地说："王书记，你怎么来了？"

王志平也是满面笑容，说："来看看你啊，哎，你那捐款的事怎么样了？"

前两天林大为跟群里说过，村里有人生病，他发动群众捐款，效果却不好。当时群里的书记们都挺关心这件事的。有的说，农村群众不宽裕，凡事精打细算，捐款肯定有个过程，让林大为别着急。也有人建议林大为实在不行就去跟医院商量一下，多给几天时间筹措治疗费用。

林大为说："唉，还差不少呢。我准备现在就去趟医院。先救人要紧，医疗费用请他先给缓两天，我凑齐了再给送去。"

王志平嘴角露出了微笑，打开提包，从里面摸出一个大号信封递给林大为，说："拿着，这是大伙儿的一点儿心意，不知道能不能凑够数？各村之间路都不近，大伙儿事情也多，不能都来，就派我当代表了。"

林大为感到信封沉甸甸的，急忙推回去，说："王书记，这可不行，怎么能让大家破费呢？一直以来，够麻烦你们的了。"

王志平故意把脸一板说："怎么就不行呢？前两天，我从咱们'第一书记'工作群里看到一个段子，叫'世上三大铁'，这第一铁，叫一起当知青插过秧；这第二铁，叫一起当兵扛过枪；这第三铁啊，就是一起做第一书记下过乡。冲着这么铁的关系，这个忙啊，大伙儿必须帮。"说着，他把信封塞到林大为手里，牢牢按住，说："拿着！"

林大为感动坏了，连声说："谢谢王书记，谢谢大家！"赵海霞也在一旁连声道谢。

王志平转头对赵海霞说："你就是赵海霞同志吧？林书记老在

群里夸你能干了。麻烦你点一点，看够不够数？不够的话，回头我再跟大家想办法。"

赵海霞听了，从林大为手里接过信封，把钱拿出来麻利地点了一遍，说："书记，够了够了，还富余了不少。"

王志平说："够了就好，我还担心不够。富余的你们也收着，赶明儿给你们二虎买点营养品，让他早点恢复健康。"

林大为说："王书记，这次真的太感谢大家了。多的话现在不说了，我得赶快去医院，二虎那边病情急，一点也不敢耽误。"

王志平说："正好，我开车来的，走，我送你一程。"

林大为拿起自己的提包，赵海霞便把村里的捐款一起装到王志平拿来的大信封里，交给了林大为。

眼见林大为和王志平就要往外走，赵海霞突然想起来一个事，就赶着问林大为："林书记，咱们村的捐款大红榜还贴么？"

林大为把信封放在提包里，拉上拉链，说："贴啊！海霞，你一定把捐款情况登记好，尽快张榜公示出去。"

赵海霞说："好，捐款名单都是现成的，我誊一下就行，你走了我就开始弄。不过，我刚点钱的时候发现多了三百块钱，不知道是谁捐的，该怎么写啊？"

林大为一边往外走，一边回头说："那你就写个'爱心人士'吧。"说着，他就匆匆和王治平一起离开了。

送走了两位书记，赵海霞便动手写捐款的红榜。她在材料室找出两张整开的洒金红纸，平铺在桌子上，倒了一小碟墨汁，又从笔筒里取出一支小狼毫，这就算准备停当了。

她一手握着毛笔，伸到碟子里蘸饱了墨汁，再把笔锋在碟子边上抹了两下，另一只手拿起了捐款名单和对应数额的记录，一边看一边嘴里嘀咕着:"这三百块钱到底是谁捐的啊?还搞得这么神神秘秘的。"

说完她微微一笑,把"爱心人士——300元整"写在了红榜的第一条。

第六章 撵驴追驴

这天晚上，林大为带着大伙儿给二虎筹集的救命钱到市里医院去了；赵海霞留在村委会里，写满了两大张红榜单，贴到了公告栏里；老书记张仁义却在自家的饭桌前坐着，手里攥着一个小酒杯，闷闷地喝起了小酒。他老伴儿知道，张仁义平时很少喝酒，唯独心里不痛快的时候才会喝上两杯，她不敢多问，就在一边默不作声地陪着。

张仁义心里有啥不痛快？后悔，特别的后悔！

自打二虎被救护车拉走，这两三天里张仁义心里就没消停过，一直在后悔，悔不该事事听林大为的话，悔不该举棋不定，没有坚持把毛二贵撵走！

张仁义心不在焉地夹起一粒花生米，还没凑到嘴边，"啪"的一声花生米就掉在了桌面上。他老伴儿算是看明白了，今天老头子的烦恼还不小呢。

她还真猜对了，这会儿，张仁义的内心戏正演得一个热闹。

他心里自言自语道：村里最近不太平，归根结底，还不都是毛驴回来给闹的？要不是他吵着闹着要评贫困户，林大为和自己怎么会安排他到何翠姑那儿帮工？毛驴要不是在何翠姑那儿帮工，怎么能搞出种植户私卖葡萄的事？种植户要是不私卖葡萄，顺利地让人家集团公司收购走，大家怎么会急得不可开交？二虎的肾病多少年都没啥大碍，还不是最近几天又累又急，才突然犯的病？

说一千，道一万，这罪魁祸首啊，就是毛二贵，没跑了。

你瞅瞅这毛二贵，干的都叫啥事儿？十几年不回家，一回来就惦记上贫困户的补助了，还买烟买酒的，想向林书记行贿。那网上查的记录都摆在他眼前了，他还死鸭子嘴硬，一张嘴说得天花乱坠，你都不知道哪句是真，哪句是假。

张仁义又想，这林书记啊，说到底，还是年轻，又是城里的干部，没切身经历过农村的复杂情况。不管遇见啥事儿，他总是容易把人心往好处想，把事情往合理处想。可现实，往往就是不讲道理的。就说这毛二贵，林书记总是帮他说好话，一心一意要帮他，结果呢？去何翠姑那儿帮忙才几天啊，就闯出这么大的祸来，差点儿让大棚葡萄项目泡了汤。这次是运气好，找对了人，没给种植户造成多大损失。可下次呢，还能一直运气好，一直找对人吗？不管是上级领导还是同事朋友，谁愿意成天给你擦屁股？

毛二贵这家伙待在村里，就好比一颗定时炸弹，不知道啥时候就要爆炸。他那个脑子，歪门邪道的点子多，他那张嘴，又能说会道的，特别能煽呼村里的人心。你就比方说这次二虎生病的事儿，他不帮忙，还跟着瞎起哄，说什么惊了鬼神降灾，说得有鼻子有眼的，乡亲们肯定都让他给吓唬住了。不然头一天捐款的时候，咋全村连个人影都没看见？唉，也别怪乡亲们，就连他自己不也心里犯起了嘀咕吗？

想到这里，张仁义不禁有些羞愧，自己也是老党员了，怎么立场这么不坚定呢？

想起立场，张仁义又止不住地埋怨自己，在撵走毛驴这件事上，自己的立场也不够坚定。自己这老书记是干啥的，是给第一书记保驾护航的，第一书记看不准的人，自己必须要看得准，第一书记狠不下的心，自己必须要狠得下。不能老是前怕狼、后怕虎的，生怕自己做错了事情担责任。

不行，毛驴这颗定时炸弹，一定得给他拆了。云蒙崮村，不

第六章　撵驴追驴

是他毛驴该待的地方,还是得赶快撵走了他,大家清净!"

张仁义下了决心,筷子往桌上一拍,把老伴儿吓了一跳。看到张仁义站起来就往外走,老伴儿连忙问:"老头子,这大晚上的,你干啥去?"

张仁义头也不回地说:"我撵驴去。"

老伴儿看着他的背影,嘴里嘟哝了一句:"撵啥驴啊?成天跟人说这样的半截子话。"说完,她摇了摇头,动手收盘子、擦桌子去了。

张仁义来到毛二贵家,一进门就看见毛樱桃趴在桌子上,照着课本写字,屋顶吊着一盏15瓦的灯泡,灯光黄黄的,几只蚊虫在半空嗡嗡叫着,不知悔改地往灯泡上撞。

一见张仁义来了,毛二贵从凳子上站起来,招呼道:"哟,老书记大驾光临了。"

张仁义向他招招手,说:"二贵,有个事儿跟你商量一下,你出来,咱到院儿里说吧。"

二人走到院子里,毛二贵抱着膀子,瞧了瞧张仁义,说:"无事不登三宝殿,说吧,啥事儿?"

张仁义在来的路上想了许多说辞,要怎么批评毛二贵,怎么摆出强硬的态度,但此刻,他和毛二贵面对面了,刚才路上打好的腹稿倒忘了一大半。他顿了一下,才说:"二贵,我觉得,要不你还是再出去闯闯吧,先别跟村里待着了。"

毛二贵冷笑一声,说:"老书记这是要撵我走啊。"

张仁义感觉有些难堪,费力地说:"不是,二贵,村里现在也没什么活儿是你能干的,上次那葡萄的事儿,你,唉……"

毛二贵撇撇嘴,说:"不就是那第一书记看我不顺眼,变着法地想赶我走么？他倒是自己来啊，干吗把得罪人的事都推给你啊？"

张仁义说："跟林书记没关系，这是我的意思。"

毛二贵一挥手，说："什么你的他的，你们当官的还不都穿一条裤子？"

张仁义皱着眉头没有搭腔，小小的院子被一阵尴尬的沉默笼罩了。过了一会儿，毛二贵打破了沉默，说："想要我走……这事儿啊，也不难。"

张仁义连忙问道："咋？你答应了？"

毛二贵点点头，说："答应是答应了，不过我有个条件。"

张仁义说："啥条件，你说。"

毛二贵歪着头，眼珠子转了两转，说："现如今这年月，不管到哪儿，只要你动动腿挪挪腔，不都得用钱不是？你们让我走也可以，只要给我点儿抬腿费，我立马拍屁股走人！"

张仁义一听就明白了，这是要花上一笔钱，才能请走这尊瘟神啊。罢了，破财消灾吧。于是，他问道："你想要多少钱？"

毛二贵朝张仁义伸出了一个巴掌，五指张开，晃了晃，说："五千块！"

张仁义想了想，说："行！五千就五千，那你打算啥时候动身？"

毛二贵笑笑，说："那可由不得我，得老书记说了算啊。啥时候五千块到手，我就啥时候走。"

张仁义说："行，那咱们就一言为定，明后天我就给你送来。"

毛二贵说："好，那老书记慢走，我就不送你了。"说罢他转身回屋里去了。

第六章　撑驴追驴　　147

张仁义跟毛二贵讲好了条件,便回头往自家走,一边走一边思忖着怎么能不让家里知道这五千块钱干什么了。看来他这么多年存下来的私房钱,派上用场了。

　　回到家,张仁义看到老伴儿正和小女儿张兴华一起在外屋看电视。他没说什么,悄悄走到里屋,从自己床边小柜子的最里头,掏出了一个牛皮纸的文件袋儿。

　　张仁义解开袋口上的绕线,把里头的东西一股脑儿倒了出来,是几十张面额不等的钞票。他点了点,应该有三千二百多块。之后,他把钱又放回了袋子,坐在床边想:咋还差着小两千呢?对,上次小女儿要换智能手机,问家里要钱,老伴儿不愿意,他心疼小闺女,就悄悄塞给孩子一千多。没想到,现在撵毛驴这事儿也要用钱,一时半会儿上哪儿弄去?

　　张仁义想了一会儿,走到门口跟老伴儿招手:"孩子他妈,你进来,我跟你说个事儿。"

　　老伴儿看电视剧正在兴头上,就没动,说:"啥事儿,你说呗。我这正在关键时刻呢。"

　　张仁义板着脸说:"你过来,真有事。"

　　老伴儿看张仁义一脸严肃的样子,明白这事儿他不愿意当着孩子说,只好起身走进里屋,掩上门,问他:"怎么了?"

　　张仁义说:"也没啥。家里这月生活费还有多少啊?你先给我两千,我有急用。"

　　老伴儿有点不高兴,说:"张口就要两千块,你要干啥?"

　　张仁义抬手捂着腮帮子,做出一脸苦相,说:"牙疼不是病,疼起来真要命。我要去医院看牙去,有两颗后槽牙都烂到根儿上了。你不知道,看牙科可贵着呢,我自己攒钱攒了老长时间了,都没攒够，这是实在坚持不下去了。"

老伴儿听了这话，疑惑地说："之前怎么也没听你说过牙疼啊？给我看看。"说着，她伸手要去掰张仁义的嘴。

张仁义连忙闪到一旁，说："我能骗你还是咋着？老夫老妻的，你咋还上手了，当心孩子听见，羞不羞？"

老伴儿听他这么一说，就撒开了手，像个侦探似的瞅了他老半天，终于开口说："行吧。那我就给你拿两千块钱去。你要有啥事瞒着我，当心我跟你秋后算账。"说着，她就从大衣柜里摸出了钱匣子，从里面拿出了两千块钱递给张仁义。

张仁义满口答应着接过了钱，然后在老伴儿肩膀上轻轻拨了一下，给她调了个头，转向外屋，嘴上说："好了，没事你快看电视去吧。"

老伴儿立刻又转了过来，脸色有点不悦，说："你拨拉我干啥，撵我走啊？"

张仁义笑着说："这不是怕耽误你看电视嘛。"

老伴儿让他给气笑了，说："你这是钱一到手，就翻脸不认人啊。"说着，她瞥了张仁义一眼，不再跟他计较，出去看电视了。

张仁义赶紧把文件袋拿出来，从手里捏着的钱里数出一千八，放了进去，又把毛票拿出来。他系牢了袋子，用手按了按，感觉自己的心啊，就像这装满钱的袋子一样，踏实了许多。

第二天早上，张仁义谎称自己要去城里治牙病，骑上摩托车就走了。出村不久，他就调转方向又骑了回来。他把摩托车停在村口，自己下了车，避着人，七拐八拐，奔着毛二贵家去了。

一进院门，就看见毛二贵拿个大扫帚在扫院子，张仁义走上前去，把装钱的袋子交给了毛二贵，说："二贵，这里头是五千

第六章 撵驴追驴 149

块，你点点吧。"

毛二贵把手里的扫帚放到墙边，接过袋子掏出钱来，飞快地点了一遍。点完了，他把这沓钱往手心一拍，说："齐了，一分不少。"

张仁义就问："二贵，那你啥时候动身？"

毛二贵把钱揣进兜里，笑笑说："我毛二贵说一不二，收了钱肯定走人。不过你总得留点儿空，让我收拾一下东西吧。放心吧，我担保今天是咱爷儿俩见的最后一面了。明天啊，你就是想找我，也找不到了。"

张仁义点点头，没有再说什么，默不作声地走了出去。他去村口取了车，骑着去了镇上，又在镇里逛了一大圈。毕竟他跟家里扯谎说去城里看牙，得把这一上午给耗过去呀。

一路上，他琢磨着，把毛驴撵走，往后云蒙崮村就再也不会出什么闹心的事了吧？这五千块钱花得值，自己应该高兴才对。可是，他心里又觉得有点不对味，撵走毛驴，好像没有之前想象得那么轻松愉快。

张仁义摇了摇头，笑自己多心，事情已经尘埃落定，还回什么味儿呢？今后，一切该向前看了。

* * * * * *

第二天上午，云蒙崮村委会接到了林大为从城里打来的电话，是张仁义接的。

林大为在电话里说："老书记，二虎已经脱离危险了，你快把这个好消息告诉乡亲们吧，让大家放心。"

张仁义说:"医生咋说的?真是尿毒症吗?"

林大为说:"医院先给稳住了症状,又做了全面检查,排除了尿毒症,说是什么肾小球肾炎。医学上那些术语,具体我也不太明白。反正大夫说了,二虎手术后正常出院就行了,将来生活中注意调养着点儿,应该就没什么大碍了。"

张仁义非常高兴,说:"那太好了,我这就通知村里去。林书记,你现在还在城里吗?啥时候回来?"

林大为说:"今天我就回去,现在手头还有点事儿要办,办完就回。"

张仁义答应着,挂了电话。他来到广播室里,看到海霞正在办公桌前坐着,就跟她打了个招呼。然后他走到窗户旁边,打开了喇叭,向全村播报了二虎痊愈的事,并感谢乡亲们的慷慨解囊。

赵海霞等老书记广播完,就开口道:"老书记,听你这么广播,二虎肯定没事啦?"

张仁义放松地坐在了木沙发上,说:"林书记刚打电话亲口跟我说的,还能有假?"

赵海霞说:"没事就好。老书记,这次村里给二虎捐款,出了个怪事儿你知不知道啊?"

张仁义一惊,问道:"啥怪事儿?"

赵海霞笑了,也坐到他旁边,说:"您别怕,是好事儿,不是坏事儿。咱这次捐款不是有记名的吗,我点完钱,发现多了三百块,不知道是谁捐的。林书记让我写成'爱心人士'。"

张仁义这才放下心来,说:"做好事儿不留名儿,你别说,在咱们村里这种事儿还真少见。"

第六章 撵驴追驴 151

赵海霞又说:"你知道这'爱心人士'是谁吗?说出来老书记你肯定不信,有人跟我说,是毛二贵捐的!"

张仁义听了,还真的不相信,他毛驴为了葡萄价格的事儿,不是刚跟二虎打过一架?乡亲们平时跟二虎还不错的也不过捐个一百,他毛驴能舍得捐三百?他要是个好说话的人,昨天能一开口就问自己要五千?

张仁义连忙问:"谁说的?"

赵海霞说:"村里都这么传的,说捐款第二天看到有个人影,趁我回屋上厕所的工夫,跑到捐款箱前,麻利地往里塞了几张票子,看那身影,好像是毛驴。"

张仁义闷闷地说:"也可能是当时人多,看岔眼了。"

赵海霞说:"不会的,我这有账目,谁家捐了多少都记得一清二楚,多出来的三百块可不就是毛驴捐的吗?二贵啊,看来骨子里也不坏,要不也不能偷着捐钱。"

张仁义不吱声,只听赵海霞又说:"老书记,你天天担心毛驴跟村里捣乱,这次他做了好事,要不你也表扬他一次?林书记不是说,对村民要以鼓励为主嘛。"

听了这话,张仁义再也憋不住了,说:"毛驴已经让我给撵走啦。花了五千块钱撵的!"

赵海霞不明就里,问道:"啊?老书记,这话是什么意思?"

张仁义叹了口气,把自掏腰包给毛二贵五千块钱请他走人的事告诉了赵海霞。这下轮到赵海霞吃惊了,她连忙说:"哎哟,老书记,这事儿跟林书记商量过吗?"

张仁义摇了摇头,说:"哪能让林书记知道,他要知道了,准拦在前头不让我撵人。这事儿只有你知道,可别告诉林书记。"

赵海霞为难地说:"老书记,这跟我告不告诉也没关系啊。村里一个大活人不见了,林书记过几天肯定得问,到时候咋跟他说?"

张仁义说:"这两天你别吱声就行了,等林书记发现,毛驴不知都走到啥地方去了,到时候他问起来,有我顶着呢。"

赵海霞心里觉得这么做很不妥当,犹豫着说:"老书记,这能行吗?"

张仁义说:"这也是没办法的办法。你也都瞅见了,自打毛驴回来以后,咱村让他闹得鸡飞狗跳、不得安宁,他这回好不容易答应走了,要再把他留下,你知道他又得闹出啥乱子来?老话说,慈不带兵,义不养财,为了咱村,这事不能心软啊!"

两人正说着,却见林大为急匆匆地走了进来。

张仁义一见他,慌忙说:"林书记,这么快就回来啦?二虎手术痊愈的事儿,刚才我跟大家伙都说了,全村都特别感谢你!"

林大为一听愣了,心想,老书记劈头说了这么一句话,听起来没头没脑的。要说二虎家特别感谢他,那还可以理解,全村人为啥要特别感谢他林大为?他也不好反驳,就顺着张仁义的话说:"啥感谢不感谢的,都是一家人。老书记,您说这话就太见外了。海霞,你和老书记刚才在聊什么呢?"

赵海霞说:"林书记,你回来之前,我正跟老书记说那个捐款多出三百块的事,村里人说,这钱是……"

张仁义打断了她的话,说:"海霞,林书记刚回来,赶紧让他到宿舍里休息休息。这二虎的病治好了就行了,乡亲们捐点钱也是应该的。"说着,他赶忙给赵海霞使眼色。

林大为却注意到了,想着这一老一少,话不应卯的,肯定有

第六章 撵驴追驴 153

什么事瞒着自己。看来,是海霞想跟他说点什么,而老书记拦着不让。于是,他不慌不忙地坐下,说:"老书记,我不累。海霞啊,你知道那三百块钱是谁捐的?"

赵海霞欲言又止,看了看张仁义,张仁义光在那儿咳嗽。

林大为明白了,就直接问张仁义:"咋了?老书记,还有啥不方便跟我说的吗?"

张仁义见林大为直接问到他头上,知道瞒不过了,就说:"也没啥。海霞刚才说,村里有人看见毛二贵偷偷往捐款箱塞钱了,估计是他捐的。"

林大为没想到这神秘的"爱心人士"竟然是毛二贵,惊讶地说:"二贵?"

张仁义说:"也可能是看错了。"

林大为知道,老书记向来不太喜欢毛二贵,不相信也很正常。他就不再纠缠神秘捐款的事,说:"巧了,说起毛二贵——我赶回来就是为了跟大家说说我刚刚了解到的新情况。我这次回城里,除了看望二虎,还打算好好查查毛二贵那个公司究竟是怎么回事。我请工商系统的人给查了,最后真相大白,那公司啊,确实不是二贵的。"

张仁义说:"啥?公司不是二贵的,那咋写了他的名儿?真像你说的,是重名?"

林大为说:"倒不是重名。毛二贵前几年在长沙打工的时候,在他老板那儿押过身份证。他老板不老实,偷偷拿他的身份证注册了公司。这事儿有点复杂,不光是二贵一个人的身份信息被盗用,还牵扯好几个人呢。这里面的事儿太多,咱就不说了。和咱们村相关的,就一条,毛二贵向村里反映个人经济情况没有说谎，他还真符合评贫困户的标准。咱们可以给他申请试试。"

张仁义说："啊？林书记，你还想着帮他申请贫困户哪？"

林大为点点头说："既然符合条件，就不能不管啊。等一下我就跟二贵说说去，之前咱们真冤枉他了。"

张仁义沉默了一会儿，说："我倒是想把二贵送走，别留在咱们村了。"

林大为说："啥？老书记，你咋又想让二贵走人啊？"

张仁义："我也是为了咱们村好啊。毛二贵他回来才几天，瞧瞧，给村里惹了多少祸啦！要是把这号人留在村里，那就是颗定时炸弹啊，不知道什么时候给你炸了锅。林书记啊林书记，听我一句劝，癞驴它上不了树，想办法哄走才是正道。"

林大为说："仁义叔，跟您说实话，刚开始我也不喜欢二贵，我就劝自己忍一忍，到农村工作不能凭自己的喜好。可后来我仔细想想，我真的需要忍吗？毛二贵真有那么坏吗？他那些坏毛病，多半也是因为急着挣钱。海霞刚才说，那三百块钱是他捐的，这我说啥也没想到，您恐怕也没想到吧？"

张仁义确实没想到，闹着申请贫困户的毛二贵竟然这么大方，不得不点了点头。

林大为接着说："这说明什么，这说明二贵心里头还有股子做人的热乎气儿，说明他在乎咱们村，在乎咱村的人！仁义叔，趁着这股子热乎气儿还没散，咱们得帮帮他才是！毛驴自己要是爬不上树，那咱们就推着他，顶着他，扛着他，只要功夫到了，上树那是早晚的事。咱云蒙崮啊，那就像一个大家庭，不能说，这家里一天天变好了，可最后一数，家里头还少了一个人啊！"

张仁义叹了口气，又看了看挂钟，说："林书记，你说得对。

第六章 撵驴追驴

在这件事儿上，我肚量小了。可是现在说啥也没用了，我跟二贵都说好了，他答应我今天就走。这会儿，估摸已经到车站了吧。"

"啥？人已经走了？"林大为吃了一惊，转身冲出了村委会的大门。

赵海霞在他后面喊道："林书记，你干啥去？"

林大为说："我去把毛驴追回来！"说完就头也不回地跑进了外面的院子，直奔南墙。

村委会的院子里，靠南墙角停着一辆农用三轮车，是张仁义家里淘汰下来的老古董了。张仁义当时琢磨着，这出村进村、上山下田的，也要走不少路，不能让市里来的第一书记光靠两条腿啊，那不是耽误事么？

于是，张仁义把车开来借给林大为用，让他别嫌弃。林大为哪里会嫌弃，接手这辆老爷车，他还挺高兴的，"突突突"地在村里转了好些圈儿。在林大为眼里，这车什么都好，就是经常出点小毛病，那也没关系，"大喇叭"挺会摆弄车的，找他给修一修，估计还能凑合用两年。

"大喇叭"是真心喜欢车，农用车有什么新型号、新功能，村里他总是第一个知道。林大为拜托他修车，他真是求之不得，时常来摆弄这辆车，权当练手。

林大为冲到院子里的时候，"大喇叭"正蹲在那辆三轮车旁边，手里拿着个扳手，正修车呢。

林大为跑到车前，匆匆问道："'喇叭'，这车能骑了不？"

"大喇叭"一边拧着什么一边说："差不多了吧。书记啊，我跟你说，发动机上你最好换个……"

话音未落，林大为一步就跨上了三轮车，风驰电掣地冲出了村委会的院子。

"大喇叭"目瞪口呆,半天才回过神来。他往地上瞧了瞧,弯腰捡起了两颗螺丝钉,后知后觉地嘟囔了一句:"还有俩螺丝钉没拧上啊。"

※ ※ ※ ※ ※ ※

从高岭镇去外省市的长途车一天有两班,下午一点半一班,三点半一班。林大为心想,只要在一点半之前赶到车站,哪怕毛二贵买了第一班的车票,也能把人堵回来。

到了汽车站,已经一点二十了,林大为慌忙在十几辆大巴车之间找,挨个往车窗里看,看里头有没有毛二贵。

找了一会儿,他瞥见毛二贵正坐在一辆去菏泽的长途车上,旁边还坐着个扎小辫儿的小女孩,不是毛樱桃还能是谁?林大为心里一阵高兴,刚要跑过去,突然有一辆刚进站的长途车开了过来,挡住了他的去路。

接着那辆车打开了车门,几十名旅客带着大包小包,挤挤挨挨地下了车,好像一股水流,对着林大为涌了过来。

林大为奋力拨开人群,往毛二贵那辆车的方向挤,可还没到跟前,那车就已经缓缓启动了。他赶紧快跑几步,使劲拍着车门喊道:"停车!师傅,停车!"

大巴车一下子停住了,车门打开,司机师傅不高兴地说:"一个个都掐着点儿坐车,就不能早一点儿来?快上来,哎,你的票呢?"

林大为上了车,说:"师傅,我不坐车,我找人。"说着,他就冲毛二贵那边走去，一边说："二贵，跟我回去。"

二贵坐在那儿纹丝不动，不高兴地说："跟你回去？凭啥？腿长在我身上，我愿意去哪儿就去哪儿。"

林大为伸手就去拽他的包，说："先跟我回去再说。"

毛二贵使劲一挣，要夺回自己的包，说："哎，你干啥，别拉拉扯扯的。"林大为却死死薅住了他不松手。

长途车的司机师傅实在看不下去了，生气地说："干吗呢这是，一车人都等着呢，走不走了？"

毛二贵马上跟司机师傅喊了一句："走，师傅快开车！"

林大为急了，语速飞快地说："二贵，申请贫困户的事儿我错怪你了，跟我回去，一定帮你申请。"

毛二贵不由得愣在那里，只听司机师傅又说："磨蹭啥呢？不走都赶紧给我下车！"

林大为马上赔了不是："师傅，对不起，我们这就下车了。"说着，他一把拿过毛二贵的背包，又拉起一旁的毛樱桃往车门走。毛二贵机械地把大包袱从行李架上拿下来，跟着林大为一起下了车，一边有点愣愣地说："林书记，你到底要干啥？"

林大为往候车室的方向指了指，说："咱去那边坐下说，你背个大包怪沉的。"说着，拉起毛樱桃就往那边走。毛二贵在后面白了他一眼，也只好跟着过去了。

三个人回到候车室，找个人少的地方坐下。林大为说："二贵，上次在网上不是查到你有一个注册公司吗？我今天查清楚了，那个公司是你以前的老板偷拿你的身份证注册的。"

毛二贵哼了一声，说："早就跟你说了，我要有公司，我还申请啥贫困户？"

林大为说:"当时不相信你,又没查清楚,是我的疏忽。你符合贫困户标准,快跟我回村去,我帮你把表填上,剩下的就是走个手续了。"

毛二贵之前闹着要评贫困户,这会儿倒像是不着急了,慢条斯理地说:"你为啥要帮我?把理由说清楚。"

林大为莫名其妙,第一书记下乡是干什么的,帮助村民难道还需要什么理由?他说:"帮你,就是我的工作啊。"

毛二贵笑了笑,说:"你就不怕我回了村,继续跟你捣乱?"

林大为没有回答这个问题,反问了毛二贵一句:"你给二虎捐了三百块钱,没留名,是不是?"

毛二贵眼睛不由看向了旁边,说:"我给他捐钱?快拉倒吧。我有那个闲钱,买点啥不好啊?"

林大为笑了,说:"要想人不知,除非己莫为。坏事是这样,好事也一样!村里那么多只眼睛,你干点啥事能逃过群众的法眼?二贵,你这人是有不少缺点,但在这件事上,我觉得你二贵算是一条有情有义的好汉。快跟我回去吧,以后帮你脱贫致富的事,就包在我林大为身上了。我刚才骑三轮车来的,正好拉上你爷儿俩。"

毛二贵迟疑道:"林书记,你来喊我回村,老书记知道么?"

林大为点头说:"知道啊。"

毛二贵好像有点犯难,过了一会儿,说:"咱老书记给了我五千块钱,劝我走人的,他没跟你说吗?"

林大为大吃一惊:"啥?"

毛二贵看了林大为的表情,觉得不像装的,就把张仁义给钱让他离村的事说了一遍,最后又说:"你看,老书记刚把我撵走,你林书记却又把我追回来。你们当官的,意见都不能统一,一会儿走一会儿留的,谁有空陪你们绕圈子啊?我看,我还是走吧。"

林大为想了想,说:"二贵,你就别担心这个了,那五千块钱我想法帮你先还给老书记,以后你挣钱了慢慢再还我就是啦。别的事,还是先跟我回去再说。"说着,他就从椅子上站了起来,去拉毛二贵。

毛二贵坐在原地没动,说:"算了,林书记,你别搞这些麻烦事了,我还是走吧。"

毛二贵这么大个人,他不抬腔,林大为总不能强迫他吧。林大为只好撒开了毛二贵的袖子,叹了口气,又在旁边坐下了。毛樱桃坐在毛二贵旁边,抿着小嘴朝林大为笑。

看着毛樱桃,林大为突然有了主意。他问孩子:"樱桃儿,你吃午饭了吗?饿不饿?"

毛樱桃说:"吃了,爸爸在车站给我买的鸡腿儿和玉米。"

林大为又问:"樱桃儿,你今年多大了?"

毛樱桃声音清脆地回答道:"我今年七岁半了。"

林大为假装吃惊地看着毛二贵,说:"哟,樱桃儿这都超过上学的年纪了,现在六岁半可就入学了。毛二贵,你咋当爹的?别把孩子给耽误了啊。"

这话正戳中了毛二贵的痛处,他郁闷地说:"我这不是一直没安定下来吗,咋让樱桃儿上学?"

林大为说:"二贵兄弟,你这就不对了。耽误了啥,也不能耽误了孩子啊。你咋安定不下来了,你跟我回去,以后不管跟村里干活还是到城里找个活儿干,都行。只要你爷儿俩留在咱村,樱桃儿就能在咱村小学安心上课啊。"

毛二贵不吱声，林大为知道他心里松动了，又接着说："这样，咱们今天先回村，明天你爱干啥干啥去，我带着咱樱桃儿去村小学把名报上。"

毛二贵眼睛亮了，说："你能帮樱桃儿上学？"

林大为奇道："咋不能啊，小学、初中都属于义务教育，当然能了。你就踏踏实实地留在村里吧，樱桃儿也有个落脚、读书的地方。现在她还小，再过几年成大闺女了，怎么能跟着你到处流浪啊。"

听到这里，毛二贵像下了狠心似的，对林大为说："行！为了樱桃儿，我也得跟你回去。"

毛樱桃一听，从椅子上跳了下来，一边拍手一边笑，嘴里嚷着："太好啦，太好啦，我也能上学啦。"

毛二贵摸摸孩子的头，也笑了，他起身拿上东西，跟着林大为往车站外面走。路上林大为和毛樱桃走在前面，毛二贵拿着行李跟在后头。

只听林大为又问毛樱桃："樱桃儿，你除了想上学，还有什么别的愿望吗？"

毛樱桃回头看了看毛二贵，眼珠子转了转，一副鬼精灵的样子，跟林大为说："林叔叔，我还想让我爸爸找个媳妇儿。"

毛二贵正拿着水壶喝水，一听这话，一口水都呛了出来，他一边猛烈地咳嗽，一边对毛樱桃说："你个熊孩子，整天瞎琢磨啥呢？"

林大为哈哈大笑，看着毛二贵说："樱桃说得好！二贵，既然我要帮你，那这媳妇儿的人选，我也帮你踅摸着点儿。"

这个话题让毛二贵感到特别尴尬，他脸都红了，嘴里连声说:"别,别……"

就这样,林大为把张仁义撵走的毛驴,又给拉回了云蒙崮村。到了村里,林大为先让毛二贵带着孩子回家,自己则到村委会找老书记张仁义,把接回毛二贵的事儿跟他说了。

张仁义听完,心里很是过意不去,自己咋就没考虑到毛二贵还有个小闺女呢?再说了,毛二贵他再怎么不好,自己也该稍微看着点二贵他爹的面子啊。

念及于此,他对林大为说:"唉,林书记,这事儿都怪我考虑不周全,折腾大家这一趟。"

林大为连忙说:"老书记,别这么说,我知道你是为村里好,再说,你对二贵也可以了,你给他路费的事他都跟我说了。"

一提那五千块钱,张仁义脸上更有点挂不住了,他还没说话,就见毛二贵走了进来,手里还拿着张仁义给他装钱的小文件袋。

毛二贵跟林大为招呼了一声,径直走到张仁义面前,把那个小文件袋交到他手里,说:"老书记,仁义叔,我毛二贵又回来啦,这是五千块钱,一分没动,你点点。"

当着林大为的面,张仁义很不好意思,把钱推了回去,说:"要不,你先拿去用吧,等有了再还我。"

毛二贵见老书记推让,就把袋子搁在一旁办公桌上,说:"不用,我毛二贵无功不受禄。仁义叔,这钱你还是拿回家去吧。咱村里眼下守着这么多国家政策和项目,还能饿着我不成?"

* * * * * *

林大为知道,为了留住毛二贵,自己可是答应了人家三件事：第一，给他评上贫困户，先有个基本的生活保障；第二，带毛樱桃报名上学去；第三，帮毛二贵物色一个人生伴侣，让他成家立业，安心在村里待着。

林大为有把握在一两天内，把这三件事都帮毛二贵办了。

评贫困户这事按照制度流程走就可以了，带毛樱桃报名上小学的事也很简单，至于人生伴侣，林大为心里也早有了一个人选，只是不确定能不能成。

没想到，他带毛樱桃去村里小学报名的时候，却遇到了一点麻烦。毛二贵家的户口本上，根本就没有毛樱桃这一页。林大为心想，幸亏这事儿自己插手了，这毛二贵咋这么马虎，不知道给孩子上户口？樱桃儿这都多大了啊。

户口的事儿，林大为可以去帮着跑一跑，眼下当务之急，是赶紧让毛樱桃报上名，等九月开学了，好能正常上学。

林大为让樱桃先回家，自己找到村小学的苏校长，希望校长能破例先收下毛樱桃。苏校长问明了情况，说："林书记，我这里给你破例不管用啊，没有户口，学籍它报不上去啊。"

林大为说："苏校长，你看这样行不行，让孩子先插班正常听课，我尽快联系派出所，确定落户口的事。报名手续咱马上补，行不行？"

苏校长想了想，说："行，林书记，让孩子来听课没问题，不过户口的事得抓紧啊，不然影响将来升学。"

出了村小学，林大为想着下午就去找镇里派出所的马所长，落实毛樱桃的户口这事。他先去跟毛二贵说了一声，毛二贵连声感谢，问需不需要跟着一起去镇里派出所。

林大为说："不用。我来给你办妥，你等着吧。"说着就出了院子。

不经意间，他看见斜对过的院子大门敞开着，何翠姑正在家里喂鸡，好像还时不时地往二贵家这边瞟一眼。

林大为心里一动："干脆，今天我连媳妇也帮毛二贵说了吧。"这么想着，他又拐进了何翠姑的院子。

何翠姑见他来了，赶紧放下手里的鸡食盆儿，把两只手在围裙上擦了擦，招呼道："林书记，你咋来了？俺去屋里给你倒杯水去。"说着搬了一张板凳，让林大为坐。

林大为说："不忙，我跟你闲聊几句就走，一会儿还有事儿呢。"

何翠姑笑着说："林书记，你这文化人跟俺聊啥啊。"

林大为说："聊点家常话呗，文化人就不过日子啦？翠姑，家里的活儿最近还忙得过来吗？"

何翠姑说："葡萄一卖，轻松多了。唉，就是不知道明年咋样。"

林大为说："葡萄藤三年后才进入丰产期呢，到时候你更忙不过来了。"

何翠姑愁眉苦脸地说："忙不过来也得干啊，那咋办呢。"

林大为说："要我说，你也该找个人帮帮你了，有句话你听过没？夫妻同心，其利断金。"

何翠姑一听林大为跟她聊起了终身大事，不免有些不好意思，就没说话。

林大为接着说："你跟我说实话，你觉得二贵这个人咋样？"

何翠姑一听就明白了，林书记这是要撮合她和毛二贵啊。可这冷不丁一问，叫人咋回答呀？她假装没听明白，说："咋样？啥咋样？"

林大为看何翠姑都不好意思直视他了，也不好把话说太明白了，万一说死了就不好了。于是，他换了个方式问："我的意思是啊，你现在对咱村村民毛二贵有什么看法，怎么评价他？"

何翠姑说："能有啥看法……别说，还真有点看法，他啊，现在没有以前那么混不吝了，心眼儿也不坏，也挺有脑瓜的，就是这一个大男人带个女娃，实在是有些说不过去。"

林大为正要趁机说上两句，没想到何翠姑给他使了一招"金蝉脱壳"。她猛地站起身，打断林大为的话头，急急忙忙地说："啊，林书记，你先坐着等我会儿啊。我去二贵家问问小樱桃，今天晚上她想吃啥。"说着，她就快步走出自家大门，往毛二贵家去了。

林大为看着何翠姑的背影，觉得毛二贵娶媳妇这件事，十停恐怕也有七停了。待会儿再去镇里把樱桃的户口搞定，他给毛二贵许下的三个承诺，就都齐活了。

想到这里林大为微微一笑，也不等何翠姑回来，径自往村委会去了。

为了毛樱桃户口的事，路上林大为就跟镇里派出所的马所长通了电话，然后骑上他的破三轮车，赶到镇里去。

林大为满心以为，按现在的工作效率，派出所当天就能给樱桃上户口。没想到，马所长把他请进办公室，告诉他毛樱桃的户口办不了。

林大为有点着急了："户口怎么能上不了呢，因为这孩子不是在本村出生的吗？"

马所长一脸为难，把面前的笔记本电脑转过来给林大为看：

第六章 撵驴追驴

"林书记,现在上户口都是网络操作,标准信息化管理,你看这一条条的内容,都得明确填上才行。父母的结婚证、孩子的准生证、出生证明什么的,总得有个合法有效的证明材料,证明这个孩子是毛二贵的,不然,还真没办法把孩子户口上到毛二贵的户口本上。"

林大为说:"马所长,二贵跟我说,他没正式结婚,这孩子是在工地偷偷生的,也没去医院。"

马所长皱着眉头说:"要按你说的,这孩子是啥证明都提供不了啦?"

林大为说:"是呀。马所长,那我们该怎么办啊?"

马所长转过笔记本电脑,把两手往后脑一搭,说:"那现在就只有一个笨办法啦。"

林大为赶忙问:"什么办法?"

马所长说:"亲子鉴定。非婚生子,也只好这样了。"

林大为点点头,说:"唉,那我这就回去催催毛二贵,赶紧去做鉴定吧。"

从镇里回村的路上,林大为都在想着亲子鉴定的事儿,他得先去跟二贵说一声,让他有个准备,这两天还得抽空找一个司法指定的鉴定机构。

他一进毛二贵家门,毛二贵就满怀希望地迎上来,问道:"林书记,户口上好啦?"

林大为摇摇头,说:"孩子没有出生证明材料,派出所办不了。所长跟我说,只有最后一招,做个亲子鉴定,拿鉴定书当证明材料。"

毛二贵一听,眼睛瞪了起来,声音也提高了不少,嚷嚷道:

"亲子鉴定？我自家的闺女还要别人给鉴定？天底下哪有这样的理儿？"

林大为说："你急个啥？这不是为了办户口嘛，不做鉴定，人家怎么给你办？"

毛二贵说："林书记，派出所不给办户口，那就算了，旁听也挺好。该学啥学啥，啥也不耽误。"

林大为说："咋不耽误啊？没有户口和学籍可不是长法，孩子将来升学考试都受影响！二贵，你是不是担心费用啊？我查了，你和樱桃两人做鉴定，差不多一千多块钱，这个你也不用担心，我先帮你垫上。"

毛二贵扭过身去，说："林书记，这事儿跟钱没关系，别说花钱了，就是不要钱，这个狗屁鉴定我们也不做！"

林大为一看，哟呵，这驴脾气还上来了！得了，这犟驴啊，还是顺着它的毛摸吧。等将来毛樱桃真去上学了，学校老师让他办学籍，他毛二贵不做鉴定也不行。不管你是多牛的人，自家孩子老师的话那也得听。

想到这里，林大为说："行行行，不做就不做，我再想想其他办法。反正我跟咱村小学的苏校长都说好了，樱桃可以先去插班旁听，除了学籍，别的待遇都跟其他孩子一样。二贵，你过来点儿，我还得跟你说件事……"

毛二贵听他这么说，就把耳朵凑了上去，只听林大为在他耳边小声说："你把何翠姑娶了，怎么样？"

毛二贵一听，像被蝎子蜇了一样，猛地跳开去，对林大为说："林书记，你快拉倒吧。你让我把那个母老虎娶回家？求求你老人家，还是让我多活几年吧。"

第六章 撵驴追驴 167

林大为看他那个滑稽的样子，想笑又忍住了，正色道："先别急着说不愿意啊。你别插嘴，听我给你仔细分析一下。第一条，翠姑能骂街是不假，可你也得替她想想，寡妇门前是非多，她一个人过日子得多难，要是不泼辣点，还不得让人给欺负？第二条，看人不能光看缺点，还得看看人家的长处。翠姑她今年刚过三十，那个模样，配你个毛二贵还不是绰绰有余？她能干活、会过日子，在咱村也是出了名的，你看谁家敢一个女人承包俩大棚的？再说了，你上次帮她出了馊主意私自卖葡萄那事儿，人家翠姑埋怨过你没有？"

毛二贵听了半天，就回答了这最后半句话："葡萄的事儿，她倒真没咋怨我。"

林大为拍拍毛二贵的肩膀，说："这说明啥？说明翠姑对你也有几分好感。咱村人人都说毛驴出歪点子坏大事，可翠姑却能欣赏你的想法。要我说，你俩挺般配的，又有脑子又能干，联合起来，这日子还不得过得红红火火？"

二贵有点难为情了，说："哎哟，林书记，你别老揪着这事儿了，我不急着娶媳妇儿。"

毛樱桃扒在里屋门口听两个大人说话，已经听了半天了。听到毛二贵这么说，她从里屋跳了出来，拉着毛二贵的手说："爸爸，你别怕，该娶媳妇儿就娶媳妇儿，放心，她再厉害，也只有一个人，斗不过咱俩！"

林大为笑着说："你看，人家樱桃儿都同意了，你个大男人还扭捏个啥？"

林大为看到毛二贵的眼里好像有个小火苗闪了一下，但很快熄灭了，只见他环顾了一下屋内，说："林书记，你看我这家，就算咱愿意，人家也未必答应啊。"

林大为点点头，说："这话，你说到根子上去了。所以说，二贵，现在咱的当务之急，就是踏踏实实干活挣钱，等你有了点家底，我去帮你提亲。"

毛二贵说："等我挣上钱那得猴年马月了，'东方不败'，不，翠姑还能专等着我娶她不成？"

林大为说："又不是说非得等你挣了大钱、当了大款才能结婚？我看何翠姑还挺欣赏你的，只要你有正经收入，应该没啥问题。我现在啊，还在琢磨着给咱村再上点项目，让所有贫困家庭都能有劳动致富、经营致富的机会，说不定将来还能创造点投资机会。"说着说着，林大为的思路有点跑远了，不禁有点悠然神往。

只听毛二贵说："林书记，你不提娶媳妇这茬儿还好，你一提，我都不知道往后怎么见翠姑了。"

林大为回过神来，说："哈哈，你这么灵活的一个人，还用我教你怎么处对象？我打听过翠姑的意思，好像你之前跟人家处得就挺成功嘛。之后你还那样相处就是咯，有事多帮人家搭把手。就不为谈对象的事，街坊邻居的，你一个大男人，也该帮帮人家一个妇女。"

毛二贵听了挠挠头，傻笑了几声。

林大为说："二贵，脱贫的事，你放心吧。你回村之前，我还跟海霞商量过，村里还剩十几二十户困难家庭，我们村干部打算一人包干几家，各方面提供帮助。你毛驴啊，是我追回来的，就包在我名下吧，我一定让你这毛驴上了树！"

毛二贵心里有些感动，心想自己从回村以来，除了惹麻烦，

第六章 撵驴追驴

好像就没对林书记有过什么好脸色。他知道有一句话叫"以牙还牙,以眼还眼",人在这世上,只有这么干,才能不吃亏、不受欺负。可这林书记为什么偏偏就不这样呢,非亲非故的,为什么要对自己这么好呢?

第七章 海洋回乡

经历几场风波之后,云蒙崮村迎来了一段难得的宁静时光。

村民们日出而作,日落而息,田间的瓜果蔬菜依次成熟,被装上大卡车,运到全省甚至全国的加工厂和老百姓的餐桌上。村里的扶贫车间也是一派热火朝天的繁忙景象,有的车间专注农产品粗加工,比如豆腐制品、切割红薯干、水果脆片等;有的车间从镇里接下了外包的单子,制作一些简单的劳保产品,比如线织手套、胶靴之类。

家家户户,整天劳动还忙不过来,都没有工夫跟别人生闲气、吵架拌嘴什么的。村里的气氛十分融洽,云蒙崮村委会的几个干部,这段时间都感到心情特别舒畅。

转眼间到了八月底,节气先交了立秋,又过了处暑,眼看不几日就要到白露。夏秋之交,阳消阴长,白日里天气依旧暑热,夜间的空气中,却平添了一丝寒意。对孩子们来说,马上就要迎来新学年了,是进一步成长的季节,但对老人来说,这段时间却通常是一段难熬的日子。大家都知道,每逢换季的时候,身体抵抗力差的人群总会生一场病,特别是那些有病根的老年人。

比方说张仁义。

张仁义虚岁只有六十,其实不算特别老,但他的身体一直不太好。年轻的时候,他得过一次肺结核,差点要了命。好在这种病在20世纪已经不算什么绝症了,医院把他抢救过来,结核病也治好了。不过病虽然好了,后遗症依然在。张仁义记得,当年在医院拍了片子之后,大夫指着片子跟他说,他这两叶肺大约有40%都纤维化了,以后要少劳累,而且必须戒烟。

那天,张仁义出了医院,当着妻子的面,把兜里的半包烟和打火机都丢进了医院门口的垃圾桶。妻子当时很高兴,觉得他真是下狠心戒烟了。谁知道，自打当上了云蒙崮村的支部书记，他又抽上了，一抽就是二十多年。

张仁义不知道抽烟有害健康吗？知道！

可当年村里的情况实在是太愁人了，一多半人家没什么收入，饥一顿饱一顿的。人穷急了，是非也多，今天这里吵，明天那里闹，最后都跑到支部书记这里来，让他主持公道。

唉，都是些邻里之间说不清的烂事儿，张仁义怎么主持，也公道不了。费了多少年的劲，村里没见有什么明显的起色，反倒让他落下不少埋怨。

张仁义实在看不到希望的时候，就喜欢躲到地头，望着无边的群山，抽上一根烟，只有这时候，他才觉得自己能放松一会儿。

张仁义的老伴儿明白他的处境，所以对他偷偷抽烟的事儿，一直睁一只眼闭一只眼。可现在就不同了，国家发布了一系列"精准扶贫"政策，又派林大为这样的年轻干部来一线工作。一两年间，修了路，建起了大棚和车间，让原本死气沉沉的云蒙崮一下子焕发了活力，张仁义还有什么理由抽"消愁烟"呢？

老伴儿严肃认真地向张仁义发布了"戒烟令"，张仁义表示，这回一定彻底戒掉！

张仁义说到做到，真把烟戒了，但他那已经纤维化的肺泡不可能再恢复了。因此，每到冬春、夏秋换季的时候，张仁义都要犯老毛病，咳嗽不止，喘不上气，还连带着头晕目眩。

这几天，张仁义旧病复发，还挺严重。他老伴儿陪他去市里医院看病，老两口为了免于来回奔波，特地在医院旁边找了家小旅馆住着。张仁义连着挂了几天吊瓶，症状减轻了许多。挂完水，医生又给张仁义开了一堆药，让他回去按时服用，在家里也要注意保暖和休息，别再受凉感冒了，要是再有并发症，可有他受的了。

这天晚上，听说老书记看完病回家了，林大为赶忙到张仁义家里看望他。

一进门，林大为就看见张仁义的老伴儿正在往暖水壶里倒水，就喊道："婶子，老书记呢？我来看看他。"

张仁义的老伴儿盖上壶盖，朝里屋努努嘴，说："跟里屋床上躺着呢，你先进去，我倒点水给他吃药。"

林大为走进里屋，见张仁义躺在床上，脸色有些憔悴，床头垒着一堆药，就叫了声："老书记，觉得怎么样了？还喘么？"

张仁义拍拍床边，示意林大为坐过来，摇摇头说："暂时是死不了。唉呀，林书记，去年换届的时候，你和镇领导还说让我再出几年力，这回只怕要辜负你们的期望了。"

林大为听了心里有点难受，赶忙说："仁义叔，你别想那么多，好好养病，等你身体康复了，照样还能为咱村出力。"

张仁义长叹了一声，说："唉，老了，不服老不行啊。这腿脚不利索不说，连气都要喘不上来了。我这头老驴，恐怕再也拉不动云蒙崮村这盘大磨了。林书记，说正经的，咱得考虑让谁来接我的班了。"

林大为觉得也是，张仁义年纪大了，就算他能再干两三年，迟早还不是得考虑接班人的事儿？想到这里，他问张仁义："仁义叔啊，真要找人接班，你觉得村里谁最合适？"

张仁义说："我倒还真有个不错的人选——郑海洋。"

听到这个名字，林大为有些惊讶，人家郑海洋在鼎力集团怎么也算个中层管理者了，况且他在省城有家有业的，怎么能选他来接村支书的班？

林大为疑惑地问："老书记，怎么选他啊？就是咱选他，人家现在发展得那么好，能愿意回来当村官？"

张仁义说："我看行。你跟海洋接触不多，不太了解他。海洋这孩子当年在部队就入了党，素质高。关键是他出去这么些年，可是真惦记着村里的乡亲们，凡事只要我们开口，只要他能做到，他都会尽力帮忙。要我说，把满村的人盘点盘点，还真没有比他更合适的。"

林大为听了，还是不敢相信老书记这个提案，犹豫着说："帮忙是一回事，回村常驻是另一回事啊。再说了，上次他帮咱们收购葡萄，咱村私自毁约，可给人家添了不小的麻烦。我后来听丁书记提过一句，说他差点儿丢了工作。请他来当咱村的村支书，这事儿可能吗？"

张仁义拍拍林大为的胳膊，说："不是不可能。海洋的爷爷当年是老八路，从部队退伍，回到咱村之后，干过十几年村支书。海洋这孩子受他爷爷影响，打小就对村里很有感情。"

林大为点着头，认真地听张仁义说起过去的事情。

只听张仁义接着说："当年海洋退伍后，一开始没想进城找工作，想要跟着我干。可那时候，村里条件孬，政策力度也不如现在。贫困村，我这村支书都没几个工资，他就更没啥收入了，家里还有个弟弟要供着念书。海洋跟我干了有小半年吧，实在熬不住了，这才去的省城。林书记，现在可不一样了，咱村里有你给打下的这个好底子，再加上国家的好政策，我觉得是时候请他回来了。"

第七章　海洋回乡

林大为说:"好,这么说,我就尽快去城里见见海洋,跟他面谈。"

话音未落,只听见张仁义的老伴儿朝屋里喊了一句:"仁义,你看谁来看你了。"两人朝门口一看,只见毛二贵笑嘻嘻地走了进来,对张仁义说:"老书记,我来看看您。"

张仁义笑着说:"谢谢你关心。跟这边坐会儿吧。"

毛二贵想了想,说:"林书记,刚才我在门口听见你和老书记说要去城里见铁蛋?"

林大为莫名其妙地说:"铁蛋?"

张仁义插话道:"就是郑海洋,铁蛋是他小名儿。郑海洋和二贵当年在村里关系最好,互相喊小名儿习惯了。"

林大为"哦"了一声,表示了解情况了,他对毛二贵说:"对,我打算这两天就去,咋了?"

毛二贵说:"林书记,我想跟你商量个事儿。"

林大为说:"啥事儿?说吧。"

毛二贵说:"我想这次你去找铁蛋,能不能带上我一起去?上次合作社葡萄的事儿让我给搅黄了,我回头一想,心里头特别不是滋味,这不是跟铁蛋过不去吗?我想趁这个机会,去跟他道个歉。再说这么多年没见,我也有点想他了。"

林大为没吱声,先望了望老书记,只听毛二贵着急地说:"林书记,我可不是白去,劝他回村这个事儿,我也许能帮上忙。毕竟铁蛋跟我打小关系就好,我琢磨着,我要是张嘴,说不定还有点用处。"

张仁义也不说话,只是看着毛二贵,仿佛在考虑他这话是真心给村里帮忙,还是又想捣什么鬼。

毛二贵见状，忙说："老书记，当年的事儿是我不对，我给您道歉。这次回村，我也给村里添了不少麻烦。我知道我错了。我一定在劝铁蛋回村这件事儿上多下力气，争取将功补过。"

看他着急的样子，林大为笑了，说："行，那我答应你了。"说着又转头对张仁义说："老书记，二贵知道错了。您就原谅他吧，别再赶毛驴出村了。"

听到林大为开玩笑，张仁义也乐了，把话茬儿抛了回去，说："攥不攥，看他以后的表现吧。"

* * * * * *

第二天，林大为给郑海洋打了个电话，问他什么时候能有时间，自己想去城里请他吃顿饭，一来村里有件大事想请他帮忙，二来想带一个故人跟他见见面。

郑海洋在电话里说："村里有事，只要在我能力之内，肯定帮忙。林书记，你说的这故人是谁啊？"

林大为卖了个关子，说："见了面你就知道啦。就这两天吧，你看你啥时候有空？周六晚上行吗？"

郑海洋说："行，双休日，晚上咱们可以多聊会儿。"

挂了电话，林大为找到毛二贵，跟他说已经约好郑海洋周六晚上一起吃饭了。毛二贵听了自然很高兴，不过毛樱桃比他更高兴，拍手笑道："噢，咱们周末要进城去玩咯。"

毛二贵说："瞎说，我和你林叔叔不是去玩，是去办正事儿，带你小孩去干啥？你跟翠姑家待两天，让她看着你。"

毛樱桃一听，噘着小嘴，一脸不高兴。林大为看孩子不高

第七章 海洋回乡

兴,就说:"没事儿,眼看樱桃儿就要开学,好比孙猴子要上那紧箍咒,自由不了几天了,就带着她去吧。再说你回村几个月了,孩子成天在家憋着,咱也应该带她出去转转。"

毛二贵同意了,跟闺女说:"行,带你去,还不快谢谢林叔叔。"

林大为说:"别客气。那咱们说好了,周六下午三点,在村委会门口碰面,让'大喇叭'开三轮车,把咱三个送到镇上坐汽车。晚上请郑海洋吃饭,把事情说了,你们哥俩也叙叙旧。"

毛二贵点头说:"我记住了。"

林大为说:"这个事儿,虽然老书记和你都挺有信心的,我心里却不太有底。我觉着,郑海洋很难一口答应下来,得给他一两天考虑考虑。这样吧,当晚咱就不回来了,跟市里找个小旅馆住一夜。周日你带樱桃儿在市里逛逛,咱等上一天,晚上要是还没啥消息,咱周一早上就回村。"

毛樱桃一听可以在城里玩一天,自然是兴高采烈。毛二贵说:"行,就按林书记说的办,你放心,这次我就是硬拽,也得把铁蛋拽回来。"

周六很快就到了。林大为和毛二贵带着毛樱桃辗转坐车,来到了临沂市区。林大为打电话在一个家常特色馆子定了位子,看看也差不多饭点儿了,三个人就先到饭店里等着郑海洋。

六点半左右,郑海洋到了饭店,他的目光在饭店大堂里巡回扫视着,寻找林大为。突然,他听到有人大声叫着:"铁蛋,铁蛋!这边儿。"

郑海洋循声望去,只见一个人在靠窗桌子前站着,正冲着他喊,那人略微八字眉,一对小眼睛,不是毛驴还能是谁?这么多年没见面,他那一脸表情还跟小时候一样。

郑海洋心里激动起来,往日的少年时光一下子涌现在眼前,他快步走过去,在毛二贵胸前捶了一拳,说:"臭毛驴,你怎么来了?"

毛二贵说:"我想你了呗,请咱村林书记带我来看看你。"

郑海洋赶忙跟林大为握手,说:"不好意思,林书记,都忘了跟你打招呼了。"

林大为笑着说:"海洋,你客气啥。快,坐下,让服务员上菜吧。我们这有个小朋友,吵饿都吵半天啦。"

郑海洋入座,毛二贵跟他介绍了自己的女儿毛樱桃。郑海洋责怪他说:"毛驴,你为啥不早说带着孩子来,让我空着手来看侄女。"

毛二贵说:"铁蛋,咱一家人就不要弄那些客气事儿了。"

三个大人,一个小孩儿,说说笑笑,吃吃喝喝,把家长里短、国际国内的闲话聊了一会儿。林大为觉得,是时候谈正事了,就开口道:"海洋,这次来找你,还有件大事要跟你谈谈。"

郑海洋说:"林书记,你说吧。"

林大为说:"今年入秋,咱仁义叔的老病根又犯了,还挺严重的。"

郑海洋说:"咋不早说,那我回去看看他。"

林大为说:"现在已经没事了,在家里休养着。仁义叔说了,他这个身体,实在不能再当咱村的支部书记了。他推荐你来当云蒙崮的代理书记。"

郑海洋来之前就知道林大为肯定是来请他帮村里的一个大忙,比如说找个项目、投资建设什么的,但没想到,居然是这么

第七章 海洋回乡 179

个忙。

这事可不比往常,往常无非是出钱、出力,现在是要他出个大活人啊。要是十年前,他郑海洋就算出个大活人也没什么,可现如今,就不是一个人那么简单了,还有他身上附着的各种社会关系和角色。

郑海洋为难了,沉默了一会儿,跟林大为说:"林书记,多谢您能看得起我,不过代理书记这事,还是另请高明吧。"

林大为没想到郑海洋一口就回绝了他,不由急道:"海洋,你听我说……"

郑海洋马上岔开话题,说:"林书记,您看吃好了没?还要点啥菜不?"

林大为知道他的意思,心里一片失望,嘴上只好说:"吃好了,别点了。"出乎他意料的是,这次毛遂自荐要来当说客的毛二贵,在这时候竟然一声也没吭,光顾着闷头吃菜、给孩子夹菜。

几个人坐了一会儿,郑海洋抢着结了账,开车把林大为三个送往他们下榻的小旅馆。

一路上,毛二贵坐在副驾驶的位子上还是一声不吭。林大为和毛樱桃坐在后面,也不好说什么。

很快,郑海洋的车就停在了小旅馆门口。林大为和毛樱桃下了车,毛二贵却没动弹,转头跟郑海洋说:"铁蛋,你这会儿急着回家吗?"

郑海洋说:"你这是哪儿的话?"

毛二贵说:"你要不着急回家,咱俩再找个地方单聊会儿?"

郑海洋说:"行!"说着,他摇下车窗,又对林大为说:"林书记,你带樱桃先回去睡觉,二贵和我再去续一摊儿。"

林大为和毛樱桃站在路边,看着轿车开远了,就往旅馆里走。毛樱桃拉着他的手摇了摇,说:"林叔叔,我爸干啥去了?"

林大为说:"我猜啊,你爸是想再劝劝郑叔叔,让他回咱们村去。"

毛樱桃又问:"那你说,我爸能把那个郑叔叔劝回去吗?"

林大为点点头,一脸坚定地说:"能,肯定能!"

毛樱桃笑了,说:"对,我也觉得能,我爸可厉害了。"

说着两人进了房间,林大为说:"樱桃儿,你困不?困就洗澡睡觉吧。"

毛樱桃说:"我不困,我想玩一会儿。"

林大为四下里看看,这个小旅馆是半地下室,简陋得很,房间里连个电视都没有,玩什么呢?他在桌子抽屉里找到一副扑克牌,就跟毛樱桃说:"叔叔跟你打扑克牌吧?咱边玩边等你爸爸的好消息。"

话说郑海洋拉着毛二贵,又往市里开,他问毛二贵:"毛驴,你行啊,闺女都那么大了,弟妹呢?啥时候见见?"

毛二贵没好气地说:"死啦。"

郑海洋知道他在胡扯八道,就说:"还跟过去似的,一天净胡咧咧。咱再去吃点啥?"

毛二贵做了个表情,表示"随便你"。郑海洋便开车来到他之前常去的一家烧烤摊,虽然环境不怎么样,但味道一直很好。

两人找了张桌子坐下,毛二贵要了半箱啤酒,就着各种烤串就吃了起来,那阵势,好像那些肉筋、鸡皮、蘑菇跟他有什么深仇大恨一样。

第七章 海洋回乡 181

郑海洋从光屁股玩泥巴的时候，就跟毛二贵在一块儿，那臭毛驴一撅屁股要拉什么屎，他可是一清二楚。今天，还不就是为了自己不答应回云蒙崮村，毛驴跟自己生闷气呢。

过了一会儿，毛二贵自己已经干了三瓶，他酒量其实不咋样，已经微微有点醉了。醉了更好，毛二贵借着酒劲，跟郑海洋说："铁蛋，你咋就不愿意跟我回村呢？你得跟我说明白了。"

郑海洋伸手就要把酒瓶子拿开，说："毛驴子，你喝多啦。"

毛二贵拨开他的手，把酒瓶子捂住，说："你跟我说实话，你是不是看不上咱村，嫌我们落后？我告诉你，这次你可错了。自打林书记来了之后，咱村家家户户都通了水泥路，村东头还建了几十个大棚，种什么的都有。对了，还有扶贫车间哪，村里的老娘们小媳妇，但凡能出去打工的，都到车间干活……铁蛋，跟我回去吧，咱是打小光屁股长大的兄弟，我不能坑你……"

郑海洋听毛二贵的舌头都有点大了，就嘴里虚应着，还要伸手去拿酒瓶子。

毛二贵赶忙把酒倒进了自己的杯子里，说："我知道你生我的气。合作社葡萄那事儿，我是坑了你了。兄弟我不对！我给你赔个不是还不行么！"说着，他一仰脖，把杯中酒一饮而尽。

郑海洋眼看拦不住他了，只好正经地跟他说："二贵，我出来这么多年，回不去啦。"

毛二贵把杯子往桌上一拍，说："狗屁！云蒙崮那可是你家，咋还能回不去家了呢？"

郑海洋说："二贵，这不是一回事。说实话，在城里待久了，再回村里生活，恐怕我已经不适应了。"

毛二贵哼了一声，说："拉倒吧你，净跟我瞎扯！人家林书记那可是正儿八经的城里人，跑到咱村喝风吃土的，也没见人家说不适应。噢，人家一个外人都能适应，你这土生土长的咋还能不适应了？"

郑海洋说："二贵，你不懂这里头的事儿。林书记是青年干部，用老话讲，他是个当官儿的，他跑到咱村来吃苦，那相当于学生到国外留学，都是镀金的。你哪儿懂啊！"

毛二贵指着自己的脑袋说："我不懂，你懂！你这小子说了几年普通话，觉得整天天南地北地走，见多识广，瞧不上咱这老朋友了。可我跟你说，你这里真的不行。"说着，他又指了指自己的眼睛。

郑海洋看了他一眼，没搭腔。

毛二贵酒劲儿上来了，一下站起来，大声说："我是说你眼神不行，你明白吗？你知道人家林书记是怎么待我的吗？当初我回村缠着人家非要评贫困户，这一村人都不同意，连仁义叔都要撵我走，可人家林书记偏不同意，硬是跑到汽车站把我给拉了回去。不光帮咱申请了贫困户，还跟咱结对子，要帮咱脱贫。郑海洋，我这人的脾性你是清楚的，我回来跟村里挑弄是非，挖坑下蛆，给人家惹了多少麻烦，他要是你说的那样，这好不容易送走的祸害，能又给喊回去？这不是有病吗！海洋，人家林书记这次来请你回村，那是真心实意为了咱村好啊。"

说着，毛二贵从怀里掏出了一张照片，已经折了角，画面也有些黄旧了，上面是两个十八九岁的少年，勾肩搭背，朝着镜头咧着嘴笑。

毛二贵把照片递到郑海洋面前，指着上面的人影说："这是你当兵临走前一天，咱俩去县照相馆照的，那天咱俩还买了瓶酒，结果没喝几口，就都醉了，你跟大路上，嚷嚷着说你有理想！你知道那时候我有多羡慕你？海洋，我没有理想，我也不知道啥叫理想，我他妈的连亲娘都没见过！你说等你当兵回来，要把咱村建设好，让老少爷儿们都过上好日子。咋的，这些话都是放屁啊？"

郑海洋看着照片，眼神十分黯淡，低声说："二贵，过去的事儿咱不提了……"

毛二贵一听，气得把照片丢进郑海洋的怀中，说："行，这照片你收好了，我不要了，都他妈过去的事儿了，我还要它干啥！"

郑海洋把照片拿起来，放到上衣口袋里，起身扶着毛二贵说："你真喝醉了，我送你回去。"

说完，他叫服务员来结了账，跌跌撞撞地把毛二贵弄到车边，塞进了车后座。

* * * * * *

小旅馆的房间里，林大为和樱桃儿一大一小，面对面坐在床上一边打扑克牌，一边闲聊天。林大为先拣着小孩子感兴趣的话题聊了一会儿，慢慢地开始把话题往毛二贵身上引，想多了解一点毛二贵的情况，也好以后帮他留意一些适合他个人特长的岗位。

关于毛二贵当年为什么离家出走，虽然老书记跟他说过，林大为心里还是有些疑惑。他就问毛樱桃："樱桃儿，你听你爸提过你爷爷没？"

毛樱桃从手里的牌中拿出一张方片K，压住林大卫的红桃10，说:"我爸说他一喝酒就打人,我爸就是让他给打跑的,身上还有疤呢。"

林大为把手里的牌都丢出来,说:"哎呀,我没大牌了,这局我输了。"毛樱桃也把手里的牌丢进牌堆里,得意地说:"哈哈,我又赢了。"

林大为一边把牌归拢起来洗牌,一边又问:"哎,你爸有没有说过,你爷爷为什么要打他呀?"

毛樱桃歪头想了想,说:"好像没跟我说过。哦,村里六奶奶来我家,她说,以前我爷爷不让我爸学皮影戏。"

林大为有点惊讶,说:"樱桃儿,你爸还学过皮影戏哪?"

毛樱桃点了点头,说:"我也不知道,六奶奶说的,她说原来有个老驴爷,会演皮影戏,我爸老去他家。"

林大为问:"六奶奶说过老驴爷是谁吗?"

毛樱桃摇摇头说:"六奶奶说她不知道老驴爷从哪来的,在村里住了好几年,后来又走了。"

林大为明白了,这老驴爷大概是以前那种行脚艺人,靠着点手艺或者玩意儿四处讨生活。他以前看过欧洲吉卜赛人大篷车的电影,估计行脚艺人就跟他们也差不多吧。

毛樱桃突然又说:"我想起来了,有一回我在里屋一个箱子里见了一个孙悟空皮影,结果我爸就吼我,不让碰。"

这时,林大为洗好了牌,看了看时间,已经十点多了,就对毛樱桃说:"樱桃儿,都十点了,咱还玩牌么?要不我去给你打水,你洗脚睡觉吧。"

毛樱桃说:"我想等我爸回来再睡。"

林大为开始发牌,说:"行,那再玩两局,你爸回不回来你都

第七章 海洋回乡 185

要睡觉，好吗？"

正说着，只听外面有人敲门，林大为赶忙放下扑克牌去开门。门一打开，一股难闻的酒臭味就扑面而来，是郑海洋扶着二贵站在门外。他赶紧把两人让进来。毛二贵跟跟跄跄，两脚好像踩在棉花里似的，一边往屋里走一边对着郑海洋嚷嚷："铁蛋，你看看，你看看我们住的这环境。你说林书记不真心！林书记家就在市里，他为啥不回家住？他为啥跟我们这些穷农民挤在这么个鸟地方！"

郑海洋把酩酊大醉的毛二贵交到林大为手里，站在房间门口，看来不打算进屋多待。林大为和毛樱桃把毛二贵扶到床上躺下。

毛二贵躺下了还不老实，他使劲抬起头，举起一根手指头，朝着郑海洋指指点点，嘴里依旧不消停："郑海洋，你他娘的忘本啊……葡萄的事儿怨我，不怨林大为！更不怨咱们村的老百姓。你有火冲我来，别冲他们！"

林大为一听毛二贵哪壶不开提哪壶，赶紧打断了他，对郑海洋说："海洋，你别听二贵瞎说。合作社的事儿，确实是我没做好，没考虑周全。我们全村，都欠你一个'对不起'。"

郑海洋感觉特别尴尬，说："林书记，没事儿。事情都过去了。毛驴交给你了，我先走了啊。"说着他转身就要离开，林大为跟上两步，想送送他。

忽然，郑海洋回过头来，从上衣口袋里掏出一张照片，交给林大为，说："这照片是二贵的，你转交给他。林书记，别送了，回去看着二贵吧，我走了。"

林大为答应着，接过照片，目送郑海洋消失在走廊转角。他一边往屋里走,一边低头看了眼手中的照片,发现那是毛二贵和郑海洋的合影。回到屋里,林大为看到毛樱桃正拿了条湿毛巾给二贵擦脸,他把照片轻轻放在毛二贵床头。

毛二贵一见那照片,就翻身拿在了手里,看了一会儿,对着照片中的人影说:"铁蛋,你走吧。你再也不用回村了!你怂了!你就是个逃兵!"说着,他嘴里嘟嘟囔囔,手里捏着那张照片,渐渐地睡过去了。

第二天毛二贵睡到日上三竿才起来,酒也醒透了。他睁眼一看,房间里空空如也,林大为和毛樱桃都不在。他坐起来四下看看,发现床头柜上放着那张合影照片,还有一张纸条,上面说:"爸爸,林叔叔带我出去吃好吃的,然后去动物园看大老虎,我们下午回来。"落款没有写名字,画了一颗樱桃和一张笑脸。

毛二贵搓了搓脸,起来洗漱了,又坐回床边,拿起那张照片呆呆地看着。昨天他是喝得有点儿多,但并没有喝断片儿,他自己说的话,郑海洋说的话,全都记着呢。

他感到有些落寞,难道说人离开家乡十多年,就真会换了个人吗?郑海洋当年对家乡那么真挚热烈的感情,跟自己铁打的交情,就被大城市的舒适生活冲淡到这么不留痕迹?那为什么他毛二贵同样是出去十几年,也依然没有什么变化和长进呢?

不,他还是有变化的。从一个因贫穷而委屈,因委屈而自私,因自私而短视的人,变成了现在这样的人——虽然能力有限,但还是想凭借自己的努力,过上好日子,凭自己的努力,为家乡多做点事儿。

带给他这种变化的人,不是自己的亲生父亲,也不是一番好意的仁义叔,而是从城市里下乡,几个月前还跟他素不相识的第

第七章 海洋回乡

一书记林大为。林书记为什么这么做?他毛二贵虽然不能彻底搞明白,但绝不仅仅是为了镀金。

毛二贵想不明白,也不乐意去想,他虽然没读过几年书,也知道看人要看行动的道理。说漂亮话,他毛二贵一直很会说,可之前他也没做过什么好事。人家林书记只要嘴上说了,最后一定会做到。言而有信,这就足够了,足够让人信赖和托付。

毛二贵突然有点激动,从床边站了起来,在屋里来回走。他想,既然林书记言而有信,自己也是个男人,怎么就不能言而有信呢?自己这回跟着进城,是为了啥?不把郑海洋弄回村,这回还真不能就这么算了。

想到这里,他暗暗想到了一个绝招,这招是损了点儿,但为了云蒙崮村,就让他毛驴损这最后一次吧。

毛二贵不知道,周六那天晚上他喝多了,接着睡了有十几个小时,但这段时间里,郑海洋却没能睡着。

他明白,毛二贵跟他说的那些难听话,不是酒话,而是伤心话。二贵和自己不一样,从小就不爱干一板一眼的活儿,喜欢灵巧、有意思的事儿,可是那个年月,全村的人忙着糊口还来不及,都是繁重枯燥的农活儿,哪有啥有意思的事儿可做呢?

郑海洋参军那天,毛二贵跟他约好,会在云蒙崮等着他长了本事回乡,哥俩将来在一块儿大干一番,把村里的穷根给拔了,省得一进城的时候总让人看不起。

可是后来,郑海洋回村看望的时候,却发现毛二贵自己都待不住,远走高飞了。这许多年过去,两人一直没有联系,但郑海洋每次回村,看到村里那困难的景象,心里总是叹息,也总是想起当年和毛二贵击掌立约的情景。

郑海洋的家属都在省城，他之所以到临沂分公司来，原本也是为了离家乡更近一点儿。他现在住的公司租的宿舍，是专门给外地来的管理层租的。其实郑海洋原先是云蒙崮村出来的，不算完全的外地人，但公司没人注意到这个事情。只有郑海洋心里明白，不管他现在显得多么光鲜和精英，还是有一条看不见的线，把他的心和云蒙崮村牵扯在一起。他是郑海洋，也是郑铁蛋。

夜里两点多了，郑海洋在床上翻来覆去睡不着，索性爬起来，打开了电脑。他进入政府服务网页，仔细看着有关"精准扶贫"的政策和动向，心里在不停地思考着……

* * * * * *

周一早上，郑海洋提前到了公司。他坐在自己的办公室里，手里拿着一张照片凝神看着。当初他和毛二贵拍了合影，洗了两张照片，一人拿一张。毛二贵那张一直带在身边，他郑海洋这一张也好生收藏着。

他的办公桌收拾得非常干净，台面上只有一张叠得整整齐齐的信纸。不知过了多久，郑海洋听见外面有一阵开门声和略显沉重的脚步声，他知道，这应该是分公司的白总进办公室了。郑海洋站起来，拿起那张信纸走进了白总的办公室。

白总见他进来，笑呵呵地说："海洋，今天又这么早啊。"

郑海洋笑笑，跟白总打了招呼，然后就把手中的信纸递了过去。白总接过那张纸，招呼他坐，说："啥事儿啊，我先看看。"

郑海洋没有坐，在一旁等着，只见白总看着那张纸，脸色越来越难看，最后把信纸往桌子上一撂，说："海洋，你跟我这儿干得好好的,辞什么职?不要一时冲动!"

郑海洋说:"白总,我不是一时冲动,已经考虑很久了。"

白总的语气和缓了下来,说:"海洋,你对家乡感情深,这一点我理解你。但你也要为自己,为家里人想一想,这些年你赤手空拳从农村打拼出来,不容易,别断送了大好前程……"

话没说完,就听窗外一阵叫嚷,有人在楼下往这边喊话。这时,公司前台匆匆跑到白总办公室门口,没敲门就探头进来,说:"白总,有人跟公司楼下闹事,点名叫我们郑总出去。"

这时,大家终于听清了那叫喊声:"郑海洋,你给我出来,这次你要不跟我回去,我就不走了。我跟你公司门口搭帐篷住下了,天天恶心你。"

郑海洋听出来了,是毛二贵的声音,脸上一阵尴尬,说:"白总,我出去看看。"白总不知道出了什么事情,也站了起来,跟在郑海洋身后下了楼,来到公司大门口。

公司的大门外,两个保安正拦着毛二贵,不让他进门。毛二贵一边跟保安撕扯,一边跳着脚,不停地嚷嚷着:"郑海洋,别当缩头乌龟,你给我出来……"

郑海洋一看闹得不成样子,赶忙往门口走,只见林大为从街道对面匆匆过来,一把拉住毛二贵,说:"二贵,你别闹了,咱回去吧。"

毛二贵挣脱林大为的手,还要往大门里闯,嘴上说:"我不回去。郑海洋,你听着,你他娘的是逃兵,是软蛋!"

说话间,郑海洋和白总一起出现在公司门口。林大为赶紧招呼说:"白总、海洋,不好意思啊,怪我没看住他,我们这就走。"

白总一见这阵仗,心里也是恼火,这是个什么村儿啊,都闹到公司里来了，这是要干啥，要绑架还是怎么着？一怒之下，他也顾不上客气了，跟林大为说："哦，原来是林书记驾到啊！怎么着？您这是专程跑来挖我的墙脚啊？"

林大为很不好意思，赶忙说："不是不是，白总，您误会了。"

白总手里晃着一张信纸，说："误会？海洋的辞职信都提交了！林书记，今天我明确告诉你，海洋是我公司的人，他是不会跟你们回去的！上次跟你们村百十万资金肉包子打了狗，我还能再把海洋赔上吗？"

毛二贵一听立刻急眼了，指着白总的鼻子说："姓白的，你把话说清楚了，你说谁是狗？"

白总往旁边避了避，鄙视地看了看毛二贵，说："哼，没提名没提姓，谁答应就是说谁！"

二贵撸起了袖子，叫道："你还敢骂人，我揍死你！"说着就要动手打人。

林大为连忙一把抓住了毛二贵，使劲往后拽。白总趁机走开两步，到了郑海洋旁边，说："海洋，我说错了吗？瞧瞧，这叫什么，这就叫穷山恶水出刁民！你回去跟这样的二流子在一起，对你能有什么好处？"

郑海洋还没开腔，毛二贵抢着说："你才是二流子，你全家都是二流子。我看你那胖样儿，你不是二流子，你是肥流子！"

听到毛二贵口不择言地乱骂一通，林大为不禁也有点生气了，搞成这个局面，你毛二贵让郑海洋怎么下得了台？请他回村的事，还不彻底没戏了？

他使劲按了一下毛二贵的胳膊，把脸一沉，喝道："二贵，住嘴！"

第七章 海洋回乡 191

林大为的话看来比较好使，毛二贵见林书记真生气了，就住了嘴，两只眼睛犹自愤愤地瞪着白总。

林大为朝白总说："二贵骂人，我替他向您道个歉。但是，白总，我觉得您刚才的话也很欠妥。"

白总不以为然地说："欠妥？怎么，我哪里说错了？"

林大为吸了一口气，用平静的语气说："白总，之前合作社葡萄的事儿，确实是我们村不对。可只凭那件事就认定我们村民都是刁民、二流子，未免太武断、太片面。我知道，您瞧不上二贵，他鲁莽不懂规矩，没知识、没文化，他怂恿着村民违反合约私卖葡萄。可就是这样一个人，一个人带着孩子缺吃少穿，在别人需要帮助的时候，还能从牙缝里挤钱去捐助，他的心里有一团火啊！"

白总听了，撇撇嘴不吱声。

林大为接着说："有一点您没说错，对，我们是土，思维简单，可我们朴实、有人情味。我们爱自己的村子，爱村里的父老乡亲，我们的心是热的！白总，如果有可能，我还是真心希望您能到我们云蒙崮看看，看看究竟那里是穷山恶水还是青山绿水，看看村里的人究竟是泼妇刁民还是朴实的百姓。"

听到这里，毛二贵突然鼻子一酸，眼泪流了下来，他胡乱抹了一把眼泪鼻涕，对林大为说："林书记，我二贵活了这么多年，在别人眼里，我就是扶不上墙的烂泥，上不了树的癞驴。只有您拿我当人待。从今往后，我一定重新开始，活出个人样来！"

林大为拍拍二贵的肩膀说："别哭啦，走，咱们回村！"说着，他又朝郑海洋点了点头，说："海洋，回不回村，你再好好想想，谁也不能勉强你。现在政策很好，在农村也能干出一番事业,这一点你不用担心。"

说完,林大为就拉着毛二贵离开了。

等他们走远,郑海洋对白总鞠了一躬,说:"白总,谢谢您这些年的栽培,我郑海洋不会忘记的。可云蒙崮村,是我的根,打断骨头连着筋的地方。用二贵的话说,我不能让当年的誓言都当屁给放了,希望您能理解!"

白总望着郑海洋,脸上的表情非常复杂,良久,他叹了口气,朝郑海洋摆摆手,转身朝公司里走去。

* * * * * *

半个多月后,郑海洋到底还是回到了云蒙崮村。听到这个消息,不光林大为、张仁义、赵海霞、毛二贵这几个人大喜过望,连镇里的丁书记都非常高兴。在正式任命那天,丁书记早早地就来到云蒙崮村,跟林大为和郑海洋聊了很久。

这天上午十点多,林大为把村里的党员干部都召集到村委会的会议室里,给郑海洋举办了一个简单的任命仪式。

高岭镇的镇党委书记丁有康坐在主席台中央,旁边是林大为、郑海洋和张仁义,赵海霞和几名村里的党员坐在台下。

丁有康清了清嗓子,郑重地说:"下面,我宣布镇党委的决定——任命郑海洋同志担任云蒙崮村代理党支部书记,希望郑海洋同志能带领云蒙崮村早日走上致富道路!"

郑海洋站了起来,动情地说:"谢谢丁书记、林书记,我一定努力工作,不辜负组织的信任,对得起父老乡亲们的支持!"

台下的党员们都喜笑颜开,热烈鼓掌。

第七章 海洋回乡

丁有康点点头，对郑海洋说："海洋，现在农村缺的就是像你这样的青年才干，既熟识本地情况，又在外面学了一身的本领，开展工作，无往不利。你的到来，为村子补充了新鲜的血液，村子未来的发展还要靠你们年轻人的努力。你啊，以后在工作中，什么顾虑都不要有，现在国家政策好，大干大支持，小干小支持，只要甩开膀子干，就一定有收获！"

郑海洋用力地点了点头。台上台下，云蒙崮村的几个骨干人物脸上都洋溢着笑容和新的希望。

第八章 立体开发

转眼间，郑海洋已经走马上任近一个月了。这一个月中，云蒙崮村的村民每天脸上都是阳光灿烂，但鼎力集团白总的脸上，却一直阴云密布。

郑海洋是白总一手提拔的老部下了，跟了他大约五年。郑海洋是退伍军人，做起事情来很有点雷厉风行的意思，预判眼光准、执行效率高，这也是前段时间，白总为什么能下决心投资收购云蒙崮村的大棚葡萄的原因，郑海洋的担保在他心里是非常有分量的。

没想到，葡萄项目最后赔了夫人又折兵，云蒙崮村不但给公司造成了经济损失，连他的得力干将也给赚走了，这些天来，白总心里总是不自觉地在念叨着："这些乡下人，厉害啊厉害。"

鼎力集团临沂分公司成立三年多了，成立分公司的目的，除了进一步扩大集团的市场和供应网络，也有借着国家"精准扶贫"政策扩展业务的考虑。但到了这边后，白总的步子却一直迈得相当谨慎，临沂周边那些村镇，他考察来考察去，总是难有实质的进展。

白总在敲定项目的时候，非常讲究"以人为本"。生意场上，任何项目，不论看起来前景多么美妙，都不能避免风险。风险的形式多种多样，有政策风险、资金风险、债务风险、信用风险。但白总坚信，所有的风险，归根结底都是人的风险。所以说，如果你跟素质低的人群打交道，风险就会陡然升高。

对于这一点，白总觉得自己是有生活经验的。他来自长江三角洲的超级大城市，他父亲就在当地办过企业，从小家境不错。白总记得，他上中学的时候，家里请过一个家政阿姨，是邻省贫困县区来大城市打工的。那个阿姨看起来老实巴交的，干活很利索，烧菜也好吃。白总的父母对她也很不错，每天吃饭的时候，虽然不在一个桌子上，但家里人吃什么，她也吃什么，除了偶尔有一些贵重的食品。

那个阿姨在白家干了有两个月，突然有一天跟白总的妈妈说，家里小孩生重病，急需手术费，要预支一个季度的工钱。白总妈妈很同情她，但也有些顾虑，那个阿姨哭天抢地，说她把钱寄回家就可以，她人是不走的，而且会把身份证押在这里。看她这个样子，白总的妈妈就相信了，白总那时候年少心热，也在旁边跟着说好话。

结果呢，那阿姨拿到钱，傍晚拿着篮子去买菜，就再也没回来。她留下的身份证，白总妈妈一查，是假冒的。那个时候还是一代身份证，假冒起来比现在要容易多了。

从那以后，白总就不太敢轻易相信所谓的弱势群体，认为"人穷志短"是大概率事件。走在街上，看到有人乞讨，他向来是不肯掏腰包的，总是说，可怜之人必有可恨之处。

说实话，当年集团总公司派他来沂蒙地区的时候，他心里是老大不高兴的，但集团董事长袁总却执意要他来，说他是公司的元老之一，经验丰富，让他来啃这块硬骨头，集团更加放心。袁总许诺，他老白想带走什么部下，随便挑，将来总公司在资源上也会给他倾斜。最重要的是，袁总说，总公司了解扶贫项目的特殊性，不论在时间上还是效益上，都不会太过苛求。

董事长的话都说到这个份上了，白总还能不来么？于是，他点名要了郑海洋和其他几个得力干将，就到临沂分公司走马上任了。三年多来，他的常规业务做得非常出色，只是在扶贫项目上，总是有所保留。后来还是出于对郑海洋的信任，上马了一个

第八章 立体开发 197

云蒙崮村大棚葡萄的项目。

但这个项目最后不但颗粒无收，还损失了郑海洋这个得力助手，你说他能不糟心么？更让他糟心的是，这几天，集团董事长得知郑海洋离职的消息，不但不生气，还亲自打电话过来，说这是临沂分公司的机会，让他好好利用"村里有人"这个优势，以云蒙崮村为桥头堡，尽快在沂蒙地区开展一些项目，呼应"精准扶贫"政策。

袁总还说，企业直接参与扶贫，对鼎力集团来说，确实是个新鲜事物，分公司在这方面没有经验、没有信心，可以理解。要多学习一下国内知名企业在这方面的经验，比如和贫困地区签订"结对帮扶脱贫协议"，通过产业扶持、易地搬迁、吸纳就业、发展教育等一揽子综合扶贫措施，实现整体脱贫的目标。比如在当地设立扶贫贷款担保基金，开工重点工程和产业化基地项目，采取立体式的帮扶模式，根据当地气候和地理特点，修建基地和养殖场，建造搬迁安置房，援建敬老院、幼儿园，还有就是人力投入，等等。

袁总最后对白总说："咱们鼎力可能没有别家那么大的手笔，但也应该根据自己的优势，在'精准扶贫'这件事上积极开拓业务。三年多的准备期、调研期，也不算短了。老白，我等着你的好消息啊。"

挂了电话，白总在窗前站了好久，拿起手机拨通了司机小朱的电话："小朱啊，明天早上七点半，你不要来公司，直接开车到我的住处，我们要去一趟云蒙崮村。对了，这事儿，你谁也别告诉啊。"

第二天一早，司机小朱开车接了白总，驶上了出城的公路。

现在还不到早上八点，市内交通逐渐进入早高峰，出城的道路却是一路通畅，令人心情愉快。车子很快驶入了高岭镇，继续往郊外进发。小朱见白总一直没说话，车内气氛有些沉闷，就打开了话匣子，说："白总，您这是要去山里放松一下吗？"

白总打开旅行杯，喝了一口养生茶，说："哪里是去放松啊，咱今天要去云蒙崮村考察投资环境。"

小朱笑着说："白总，我听说，咱们郑经理到云蒙崮村当村支书去了，您让他考察完向您汇报不就行了，还自己亲自去啊。"

白总说："小朱啊，我教你一个做事的道理，凡是重大的事情，一定要自己亲眼去观察，不能靠别人。人哪，总有各自的立场和倾向，不能只听别人跟你说。"

小朱说："对，还是白总说得精辟。"

说话间，车子驶上了云蒙崮的进村公路。长长的山路绕着大大小小的山丘蜿蜒向前，路面宽阔整洁，一侧是郁郁葱葱的山坡，另一侧则是耸立的山体，刀劈斧削一般。山间除了高树低草，还点缀着不知名的野花，有黄有紫，像精灵的眼睛一般在草海中闪烁。白总打开车窗，一股清新的空气迎面而来，他不禁深吸了一口气，欣赏着山间的野趣。

小朱说："白总，您还别说，这边的风景确实不错啊。"

白总淡淡地说："风景好，只是一方面。如果涉及项目投资，一个地方的人文因素更加重要。村民的素质要是不可靠，投多少钱，也都是打水漂。"

小朱说："白总，那您教教我，该怎么辨别村民的素质啊？"

白总说："待会儿咱们就想办法考验他们一下。一会儿进了村，你把车停在村口别进去，咱下了车，悄悄地走过去。"

小朱答应着，拐了最后一道弯，云蒙崮的指示牌已经近在眼

第八章 立体开发

前了。小朱把车子停在了进村公路的拐角处,两人下了车,慢慢走进村子。在靠近村委会的路口,有几棵大树和一丛灌木,白总向小朱示意了一下,往树丛那边走了过去。

快到灌木丛的时候,他从兜里掏出了一个爱马仕的钱包放到地上。小朱惊讶地说:"白总,您的钱夹……"白总向他使了个眼色,让他别声张,说:"走,咱们去树丛后面等着。"

两人快步躲到了树丛后面,小朱看了看白总,白总压低了声音说:"见财起意,非分之想,是低素质群体的常态。咱们在这里等一会儿,看看这村的人品质到底怎么样。"

路上静悄悄的,一个人也没有。两人在树丛后半蹲着,双腿不一会儿都有点酸麻了。突然,小朱轻轻戳了一下白总,向另一边指了指。白总扭头望去,看见村委会通向村里的路口上,缓缓走过来两个人。

等两人慢慢走近,白总一下子认出来了,这人就是前些天到他公司门口闹事的毛二贵。这次毛二贵不是一个人,还领着一个七八岁的小姑娘,一边走一边和她说说笑笑。

白总没有看错,来人正是毛二贵和他闺女毛樱桃。看到这两个人走得近了,他连忙从兜里掏出手机,在上面点了几下,把手机对准了树叶间的缝隙。渐渐地,毛二贵和毛樱桃走到了树丛边上,樱桃儿小孩眼尖,看到不远处的地上好像有个黑色的东西,就指给毛二贵说:"爸爸,你看那是什么东西?"

毛二贵顺着孩子指的方向看了一眼,就快步走过去把钱包捡了起来。他在手里翻来掉去地看,接着把它打开了。钱包里面插满了各种卡片,有几张他认得是银行卡,还有几张他也不知道是什么卡。毛二贵又扒开钞票夹层,发现里面是厚厚的一叠百元大钞。他粗略地点了点，不禁咋舌，冲毛樱桃做了个鬼脸，说："乖乖，这谁的钱包啊，这么多钱。"

毛樱桃听了，也凑过来看，露出了惊讶的神色。毛二贵赶紧合上了钱包，朝四周张望了一下，发现没什么人看到，匆匆将钱包塞进了衣服里，拉着毛樱桃走了。

白总见状，冷笑了一声，在手机屏幕上按出了电话簿，递给了小朱，说："小朱，看出当地人的素质了吧？给林大为打电话，就说我来村里考察，已经到村委会这边了。"

小朱依言拨通了电话，两人走出树丛，来到村委会广场外面等着。过了约莫两分钟，林大为和郑海洋从村委会大门出来了，往这边看了看，马上走了过来。

林大为满面笑容，上前跟白总握了握手，说："白总，今天是什么好风把您给吹来了？欢迎欢迎！"

白总说："林书记客气了。"说着，他又跟郑海洋点了点头，说："郑书记好啊。"

郑海洋赶紧过来，笑着跟白总问了好，说："不敢当，白总，您又跟我开玩笑了。"

白总说："有啥不敢当，今后我们要靠你来领导了。"

林大为说："海洋，咱别让白总跟这儿站着了，快，咱到屋里好好跟白总聊聊吧。"

说着，一行人便走进了云蒙崮村的会客室。

* * * * * *

云蒙崮村的会客室也就是村委会的广播室。这间屋子面积最大,采光也最好,平时不招待客人的时候,赵海霞也常在这里办公。

林大为和郑海洋把白总和司机小朱请进了会客室,让他们在木沙发上坐下。林大为跟郑海洋说:"海洋,给白总上茶,让他尝尝我们沂蒙山的云雾茶。"

白总听了,惊奇地说:"林书记,你们村还产茶叶?"

林大为说:"这茶叶倒不是我们村的,是邻村合作社的茶园项目。他们村啊,跟浙江省一家茶叶公司合作,建起了茶园。"

白总说:"我只听说南方出好茶,你们这里也能种茶叶?"

林大为说:"能种!人家茶叶公司说了,沂蒙山区山清水秀,云雾缭绕,一直是自然经济,没有过工业污染,特别适合种植茶叶。我们沂蒙山的山地茶叶还有个独特优势,每年开园早,比别地的茶叶能早个三到五天,我们这儿的气候、土壤得天独厚,炒出来的干茶,有股板栗香,香气高,滋味浓。您快尝尝吧。"

正说着,郑海洋泡好了茶,给白总和司机小朱各斟了一杯。小朱喝了直说"好香",白总只是默默地点了点头。

林大为见白总喝了茶,就在他对面坐下,说:"白总,您这次来,真是'突然袭击'啊。怎么也不提前打个招呼,好让我们准备准备。"

白总搁下茶杯,说:"不用准备,真相才是最有价值的,一准备就看不到真相了。"

林大为怎么听都觉得白总好像话里有话,他愣了一下,马上又笑着说:"您说得对。白总,既然您是来考察的,那咱们就先带您在村里村外四处转转?"

白总一摆手说:"不着急。林书记,刚才在路上的时候,我不小心把钱包给弄丢了,您是不是先帮忙找找?"

林大为又是一愣，说："钱包丢了？丢哪儿了，您还有印象吗？"

白总斩钉截铁地说："进村之后才找不到的，肯定就丢在村里了。"

林大为站了起来，说："那我这就让人去村里问问，看看谁捡到了。"

白总招手示意林大为坐下，说："林书记您先别忙问。我记得上次在市里，您来我们公司的时候曾经跟我说过，云蒙崮村民风淳朴，对不对？"

林大为点点头，说："对啊。"

白总说："好！"说完，他看了司机小朱一眼，小朱是个机灵人，马上就知道了白总的意图，赶紧把白总刚才交给他的手机递了过去。

白总点开手机找到了他想展示的，又递给林大为，说："林书记，那就请您看看这个。"

林大为一看，手机屏幕上播放着毛二贵带着樱桃捡到钱包，又匆匆离开的画面。白总像是在自言自语，说："唉，江山易改，本性难移啊。"

郑海洋不知道发生了什么，凑过去一看手机，脸色立刻沉了下来，两人看完视频，林大为默默地把手机还给了白总。

白总收起手机，对林大为说："林书记，您还是太善良了，还没有全面见识过人性。这鳄鱼的眼泪，不能轻信啊。"接着，他又转向郑海洋，说："海洋，我车上还有座位，你要是愿意，我给你留着。"

话音未落，只见毛二贵走了进来，一见到白总，立刻嬉皮笑

第八章 立体开发 203

脸地说："哟，白总来啦！稀客啊。"

郑海洋正要对毛二贵说些什么，林大为却拦住了他。毛二贵对两人说："林书记、铁蛋，我没有打扰你们工作吧？我过来是想用一下广播喇叭，没想到屋里有人。"

林大为说："二贵，有事你就用吧。咱没什么事情非要背着人的。"

毛二贵说了声："好嘞，就几句话，马上就完事。"就走到窗边坐下，打开喇叭扩音机拍了拍，对着话筒说："喂，喂！乡亲们，我是二贵啊。刚才我送樱桃上学的时候，在路上捡了个钱包，黑色的真皮钱包，里头有不少钱。我现在就在村委大院等着，谁丢了钱包过来找我领。包里头有多少钱，我可是仔细数过了，到时候你对不上数可不行。咱把丑话可说头里，要不是你的钱包，你要敢来冒领，让我这双火眼金睛给看出来了，我可咒你八辈祖宗……"

听到毛二贵这一番糙话，林大为禁不住哈哈大笑，同时也大致猜到了这一出的来龙去脉，不禁看了一眼白总。郑海洋想笑又不敢笑，使劲在那憋着，却不去看白总的表情，朝着毛二贵做了个要捶人的手势，毛二贵朝他嘿嘿一笑。

林大为清了清嗓子，说："白总，要不，看看是不是您的钱包？二贵，把钱包拿来给白总看一看。"

白总的脸色变得十分难堪，羞愧地说："误会，误会，一场误会……"

林大为说："对，误会都是暂时的。白总，喝好了茶，咱去村里各处转转吧？"

看到毛二贵在一旁饶有兴致地打量，白总一心想赶紧离开这尴尬地,连声说:"好好好,咱们这就去考察考察。"

于是,林大为便带着白总把云蒙崮村好好转了一遍,先去了村里农业合作社的产业车间,又去了特色蔬菜和葡萄大棚区。一路上,林大为又穿插着向白总介绍了云蒙崮的人口自然变动情况,共计多少户,多少青壮劳力,大致性别比例,以及这两年有过什么形式的技能培训。白总一边走一边听,一边拿着手机录音拍照。

最后,林大为提议,两人到村外的山里坐坐,白总欣然同意。在云蒙崮最高的一座山丘上,林大为曾经带领村民修建了一座观景亭。亭子不大,是就地取材,用这座小山上的木头建造的,为了保持古朴的风味,树皮也没有完全去掉。亭子两旁,还用荆条、藤蔓搭了十几米的凉棚。村里没有资金去买什么名贵花草,就移过来一些小野花,又栽了几丛葡萄藤,反正葡萄苗倒是村里现成的。

修这棚子的时候,村民起初老大不乐意,还是张仁义出面,一家要求出一个人工。现在快两年时间过去,野花繁衍,遍地开放,五颜六色,葡萄藤也茂盛起来,绿油油爬满了藤架。夏天的时候,亭子和凉棚这里山风习习,葡萄叶和花草随之泛起涟漪,令人心旷神怡,好些村民闲下来就到这边来纳凉、休息,都说当初辛苦没有白费。

林大为带白总到亭子里坐下,两人一时都没有说话,眺望着四周的景色。过了一会儿,白总开口道:"林书记,我要向您道歉。我不应该凭借一点表面的印象,就出语讽刺咱们云蒙崮村。因为我的成见偏见,我们公司差点失去了大好的投资机会。咱们村真像你说的,山清水秀,民风淳朴啊。"

林大为笑着说:"是啊。你看这四周的山,顶上都有个山台

第八章 立体开发

子,多有趣。今天咱是来得有点晚了,太阳升高,云雾都散得差不多了。要是早点过来,白总现在就身处云端雾海了。不然咱们村怎么叫'云蒙崮'呢。"

白总四下望了望群山,点点头,说:"我查过资料,说咱们沂蒙山区的地貌叫岱崮地貌,是'中国五大地貌'之一,和丹霞地貌、喀斯特地貌、张家界地貌、嶂石岩地貌齐名。那四个风景区我之前旅游都去过,没想到,这第五大地貌在自己眼皮子底下险些都被我错过了。真是偏见误人啊。"

林大为微笑着说:"白总,您可没有错过啊,这不是已经身在此山中了吗?"

白总说:"林书记,那我冒昧地问一句,不知道您还能不能给我一次和咱们村合作的机会?"

林大为连忙说:"白总,瞧您说的,如果您这样的企业家真心想跟我们合作,我们是求之不得啊!"

白总说:"那太好了,等我回去好好研究一下具体的项目方案,咱们再细谈。对了,第一个项目不用谈了,我回去就把大棚葡萄收购合约发过来,咱们先签个五年的,以后再续约。"

林大为一听高兴坏了,说:"感谢白总不计前嫌,下次我们村保证把葡萄给准备好了。"

白总也笑了,他又望了望天光山色,略微沉思了片刻,说:"这绿色农业和简单加工业,只是最基础的部分。咱们村要真正繁荣起来,还得靠立体式的开发,比方说旅游观光、承办文体活动等,要把咱们云蒙崮的名片向全社会打出去才行。"

林大为一听有点儿激动,说:"对,白总,您可说到我心里去了。之前我也琢磨过,但缺乏资金和技术支持,人单力薄没法搞起来。我研究过全国的经济发展情况和产业结构、人口结构，自己也尝试得出了一些结论。"

白总露出了感兴趣的表情，说："林书记，愿闻其详。"

林大为点点头，滔滔不绝地说了起来："白总，我注意到我们国家的 GDP 增长率有个趋势，那就是逐年放缓。同时，在产业结构上，2017年到2018年，第一产业占比、第二产业占比都是下降的，第三产业占比却是上升的。这说明，我们的产业结构已经趋于稳定，要实现经济增长，只能更多地实现产业升级。

"再看我们的人口结构。我预计将来我国的无业农村人口比例将进一步攀升。随着科技发展和农业现代化、集约化，一方面土地将越来越多地由大型粮食企业耕种，另一方面高科技又天然会解放大量劳动力。现在的矛盾是，高科技难以全面下乡，培养农村原住人口短时间学习大量高新技术也不太现实，专业的事还是要由专业的人来做。那多出来的农村人口要去干什么，总不能都去大城市打工吧？再说，如今劳动密集型的工厂也都逐步转型，农民就算想去大城市打工也没多大前途。

"那我们该怎么办？一定要紧紧抓住党和国家提出的两个关键词——城镇化建设和社会主义新农村建设。这两个政策也推行一段时间了，核心就是逐步把第三产业大规模地渗透到农村，将原本的农村升级为城镇，创造第三产业需求。让大量的农村人口，转移到第三产业上来，才能实现真正的脱贫致富，持续繁荣。"

听到这里，白总鼓起了掌，说："林书记到底是市里的干部，看问题目光高远啊。"

林大为突然有点不好意思了，说："白总，我这都是大的理论，究竟以什么具体形式，一个一个项目做起来，我还真有点一筹莫展。具体操作，还是得听您这样有经验的企业家的。"

白总说："没错，饭要一口一口地吃，路要一步一步地走。林书记，我看，咱们村首先还是利用好优美的自然风光，把特色旅游做起来。眼下我能想到的是，咱们可以先搞一个'云蒙山居'项目，吸引周边城市的人群来这边旅游度假。我们可以在村里或者村子周边建设旅游度假村，让游客们上山欣赏风景，下山品尝特产。还可以针对一些高端客户，在村里各家的蔬果基地里划出一些几平方米的小块儿地，搞成'自家菜园'，平时由咱们村民来经营，客户什么时候来咱村，就亲身体验一下田家乐趣。他们有个菜园惦记着，肯定会常来常往的，这一来一往，可都是拉动咱村经济的燃料啊。"

林大为拍手道："好，白总，我下一步就和村委会讨论你说的这两个项目。"

白总又说："林书记，咱们村最好还能有一些展现地方特色的文艺活动，只要有特色，不怕有土味，城市人什么精致的节目没看过啊，下乡就为了这一丝特色，有对比才有意思。不知道在这点上，林书记有什么想法？"

林大为笑着说："白总，那您可问着了。别说，我还真有个好项目！"

白总问："什么项目啊？"

林大为一字一顿地说："皮——影——戏。"

* * * * * *

送走了白总，林大为回村委会找到郑海洋，又叫来了赵海霞，三个人开了个小会，把他和白总今天谈到的初步合作意向，详细地向两人讲了一遍。两人听了都特别兴奋，特别是赵海霞，颇有些摩拳擦掌的劲头儿。

林大为说："这事儿啊，咱们赶早不赶晚，抓紧推动起来。我看白总性格挺谨慎的，咱别拖久了，他再反悔。"

郑海洋点点头说："林书记，乡村旅游度假村是个很成熟的商业模式了，我不出三天就能把'云蒙山居'的项目计划书做出来。我本来就是鼎力出来的人，公司的业务流程，还有白总的偏好，我都熟悉得很，问题不大。不过，你和白总谈到皮影戏之类的民俗文化，这方面用什么形式呈现好呢？"

林大为说："这方面，咱们就先成立一个本地民俗研究小组，还是由你来领导，我明天就去市里，再找找高校或者文化馆这方面的专家学者，给咱们做顾问，远程指导或者不定期来村里指导，都可以。海霞的任务就比较烦琐了，一旦研究组有了确实的想法，你就开始做项目小组和咱村村民的沟通人，做好人力资源整理和召集，这个民俗文化项目，肯定是要给咱们村的人提供就业机会的。"

赵海霞答应了，说："好，研究和创意的事儿我不太懂，但这些跑腿儿、说嘴儿的事，这几年我可是干惯了的，两位书记就放心指挥吧，我一定执行好。"

三人商定之后，当天就开始工作了。郑海洋先去做乡村旅游的项目书，林大为去联系市里的专家学者，约好见面时间，赵海霞则去村里召集文化程度较高的积极分子，向他们转达村委会的决定，并确定好民俗研究小组的主要成员，让他们这几天就好好挖掘一下当地的民俗，也不用拘泥于本村本镇，凡是沂蒙地区有代表性的民俗特色项目都可以报上来。

忙活了大半天，已经是晚上了。林大为他们三人又开了一个简短的碰头会，互相汇报了一下当天的进度。林大为说："海洋、海霞，我觉得咱们的民俗特色项目，应该让咱村的毛二贵来打头炮。前阵儿进城找海洋的时候，我听二贵的闺女提过，二贵会演皮影戏。说实话，就是这个皮影戏，启发了我在民俗文化方面的想法。"

赵海霞说："对，我记得，二贵当年跟那老驴爷学了有好几年，是吧，海洋？"

郑海洋点点头，说："是，小时候，二贵经常给我玩皮影戏，也带我去老驴爷那里看过。我感觉，后来二贵的水平跟老驴爷也差不离儿了。这家伙，干农活不行，弄这个倒挺上心的。"

林大为说："行，咱们这就散会吧，我现在去找毛二贵，跟他说说。"

毛二贵和樱桃儿正在吃晚饭，何翠姑也在，正给樱桃儿夹菜呢。林大为看这情景，还真有那么点儿一家三口的感觉，不禁笑出了声儿，看来，"毛驴"和"东方不败"是不打不相识，不，是不打不相好儿啊。

听到动静，屋里的人抬起头，往门口看了过来，何翠姑的脸微微一红，樱桃儿甜甜地叫了一声"林叔叔"，毛二贵则站了起来，笑呵呵地跟林大为说："林书记，吃了没？来一块儿吃。"

林大为笑着说："别客气，我吃过了。"

毛二贵说："林书记，今天我可是真心留你吃饭啊。"

林大为说："我知道，真吃过了。我过来，是想跟你报告一个好消息。"

毛二贵说:"啥好消息?林书记,你别站着,过来坐下说。"说着就去搬了一个凳子。

林大为说:"二贵兄弟,村里跟鼎力集团的白总,谈了一个展示咱们村民俗特色的项目,我想啊,咱村这方面第一个人才,就是你。你学过好些年皮影戏吧,这两天好好准备几个节目,你来打头炮,当咱村的台柱子,咋样?"

林大为满心以为毛二贵会一口答应,没想到,他听到这些话,脸上的笑容却突然间消失了,眼睛转过去看着菜碗,说:"林书记,当年我确实跟老驴爷学了几年皮影戏,可那都是老皇历了,我早都忘干净了,这事儿,你还是再找旁人吧……"

林大为说:"二贵,你跟我还谦虚啥?你还能忘干净了不成,抓紧复习一下啊。"

毛二贵说:"我没谦虚,是真忘干净了,也不想再弄这事儿了。"

林大为不甘心,又说:"二贵,你可别聪明人犯糊涂啊,这可是个好差使、文差使,比种地种菜啥的更适合你。既免了风吹日晒,又不用出什么大力气,说起来,也算是个艺术家了,多长脸面啊。"

这几句话,何翠姑倒听得动心了,她眼巴巴瞅着毛二贵,盼他能答应下来。谁知毛二贵不为所动,指了指墙上的挂钟,说:"林书记,时候不早了。吃完饭樱桃儿还得写作业,我也有点儿活儿要干……"

林大为没料到毛二贵下了逐客令,无奈地看了他一眼,起身离开了。

第二天,林大为按照原计划,去市里的文化馆和师范学院拜

第八章 立体开发

访了两位民俗方面的专家。专家们的意见是，在村里修建一个民俗文化馆，规模倒不用多大，一个院子，几间展厅，再加一个小礼堂舞台就行。专门的文化馆能够方便集中展示，小礼堂舞台还可以举办一些微型的演出，可以是民俗演出，甚至可以是无关民俗的演出，只要有聚拢人气的效用就行。考虑到经济和就业的目标，文化馆也很合适，票务、财务、服务、管理、文创等方面都能创造就业岗位，文化馆将来还可以出售相应的纪念品或者文化产品，这也能提供不少收入。

林大为把几位专家的意见综合起来，回到村里的时候，脑子里差不多有了一个民俗文化馆的雏形了。建筑、装修和团队组织的事情，之后可以交给专业的人士来做，唯一犯愁的就是内容了。他本来认为，毛二贵的皮影戏可以作为文化馆的一个重头戏，既能举办演出，又能顺带展示皮影工艺，还能售卖皮影人玩具，一举三得。但毛二贵居然不答应，这可怎么办呢？

林大为想了想，觉得还是应该再劝劝毛二贵。既然自己说话不好使，那就找郑海洋吧，毕竟，郑海洋是毛二贵的铁哥们，他的话，说不定比自己有分量。

于是，林大为找到郑海洋，把毛二贵拒绝他的事情说了一遍。郑海洋安静地听完，对林大为说："林书记，你知道二贵的理想是什么吗？"

林大为说："是什么？"

郑海洋说："十几年前，他就跟我说过，想像老驴爷一样，靠皮影戏走遍天下。"

林大为一听有点着急了，说："海洋，你就别跟我卖关子了。既然二贵有这个理想，跟咱民俗文化馆里专门负责皮影戏这块的业务，不就得偿所愿了吗？还非得走遍天下吗？这是啥道理？"

郑海洋说："你知道他当初为什么离家出走吗？"

林大为好像明白了点儿什么，说："我听樱桃说过，二贵是挨了他爸的打。"

郑海洋点点头，又说："对，就是这顿打，把二贵的理想打灭了。老驴爷临走前，把他多少年积攒下的皮影人，都留给了二贵。有一天，二贵因为摆弄皮影，忘了喂羊还是忘了收菜来着，他爸到外面喝酒，回来给遇上了。他爸当时不光打了他，还把皮影抢过来都给烧了。从此二贵一走，再也没回来。我打听过，老驴爷从咱村走了之后，好像没两年就去世了，这事儿，二贵肯定是知道的。这就是说，那些皮影人是老驴爷一辈子的心血，是留给二贵的遗产，结果一把火，唉……"

听到这里，林大为心里也是一阵难过，不禁跟着叹了一口气。只听郑海洋又说："老驴爷在村里其实收过三四个徒弟，想把自己一辈子的手艺传下去，但其他几个人都没多大天赋，学了一阵就不学了，只有二贵当年学得最好。现在，要说演皮影戏，二贵肯定没问题，不过，皮影戏是他心头的一块老疤癞，要我说，能不碰就不碰吧。"

林大为听了，只好点点头，说："唉，这真是……行，民俗文化馆的事，我去和海霞、咱村的研究小组再商量商量，看看还有什么好的内容可以挖掘的。"

当天下午，林大为就和赵海霞一道召集村里的研究小组，把民俗文化馆的事儿布置了下去，组员当场就提出二贵会演皮影戏。林大为说，之前已经沟通过皮影戏的事儿，但很可能搞不起来了，所以还是希望大家群策群力，尽快确定两三样内容。

第八章 立体开发　213

* * * * * *

云蒙崮村的老书记张仁义，原本以为郑海洋接任代理村支部书记之后，自己会过上悠闲自在的退休生活。可是这一个多月以来，他心里总感觉空落落的，每天都在村里转来转去。有时候，他不禁笑话自己，村里有海洋这样的人才，今后还不是蒸蒸日上，自己有啥不放心的呢？唉，真是劳碌命啊。

这天傍晚，张仁义不自觉地又一次遛达到了村委会门口。他朝村委会大门望了望，心想这阵子林大为和海洋正在忙活大项目，要是过去，两人免不了要招呼自己，自己又帮不上啥忙，就别过去添乱了。

走了这半天，他感觉有点乏了，就在门外找了个树墩子坐下，想要伸伸腿，休息一下就回家吃饭去，省得老伴儿又唠叨。刚坐下没多久，赵海霞从村委会里出来了，看见老书记在这坐着，就过来打招呼。

张仁义说："海霞，下班啦？"

赵海霞说："是啊，老书记，您咋不进去，跟这儿坐着干吗？"

张仁义摇摇头说："不过去了，别给你们添麻烦。"

赵海霞说："这话怎么说的，自家人，您还客气上了。好些事儿，我们还需要您给支支招呢。"

张仁义笑了，说："你们搞这些现代化的事，我能支啥招啊。"

赵海霞好像想起了什么，一脸认真地说："老书记，眼下还真有个难题，要不，您也给想想办法？"

张仁义一听，突然来了精神，站起来说："啥事儿？"

赵海霞扶住张仁义的胳膊，一边往村里方向走一边说："毛驴呗。"

张仁义一愣，说："啊？他又闯啥祸了？"

赵海霞说："他倒没闯祸。是这样，林书记和海洋最近不是谈了个项目，要在村里修一个民俗文化馆吗？我们都说，二贵的皮影戏是一绝，想让他来民俗馆工作。林书记专门跑去请他，可这毛驴不知道又搭上了哪根犟筋，好说歹说都不愿意。"

张仁义缓缓地点了点头，只听赵海霞又说："本来是现成的一个节目，这下倒好，我们还得再琢磨找找别的民俗特色项目，刚才大家讨论了半天，都拿不定主意。林书记说，主要是好多东西吧，没有表演性和娱乐性，一时想不出合适的呈现形式。真是急死人了。"

赵海霞家离村委会比较近，两人说着说着就快到她家了。张仁义拍拍她的胳膊，说："海霞，你们别着急，我来想想办法。"

张仁义回到自己家，老伴儿已经做好了饭，喊他赶紧过来吃。张仁义却跑到里屋，一阵翻箱倒柜。

老伴儿在外屋朝他喊："老头子，你干啥呢？稀饭都要凉啦！"

张仁义答应着："你们先吃，我这就来。"过了一会儿，他从里屋出来了，手里拿着个旧旧的布包，在饭桌前坐下了，端起碗吃得飞快。

老伴儿奇怪地说："这找的啥啊？"

张仁义拍了拍布包说："宝贝。"

老伴儿看他一脸神秘的样子，话也不直说，就撇撇嘴，由他去了。

第八章 立体开发

吃完饭，张仁义一把抓起布包，就往毛二贵家去了。

这会儿，毛二贵正在院子里，坐在小板凳上，敲敲打打地修理一把锄头。看到张仁义进来了，他笑着说："仁义叔，找我有事儿啊？"

张仁义点头说："二贵，你出来，我有东西要给你。"

毛二贵起身走了过来，张仁义拉着他，走到村里一个僻静的地方，找块石头，招呼二贵坐下。

毛二贵不知道张仁义唱的这是哪一出儿，寻思了一路，坐下就问："仁义叔，干啥呢，还背着人？"

张仁义没说话，把手里拿着的那个旧布包递了过去。毛二贵疑惑地打开一看，里面是十几个皮影人，有猪八戒，有仙鹤，还有全身披挂的武将之类。这些皮影人大约是有些年头了，微微有点褪色，有些地方还有残缺和修补的痕迹。

一看到这些皮影人，毛二贵的脸色一下就变了。张仁义叹了口气，说："买来的老婆跑了，只留下一个儿子。自己又没啥本事，外头还有买老婆时欠下的一屁股债，如果换作是你，你能有什么办法？"

毛二贵脸色铁青，低着头不吱声。

张仁义又说："这些，是你爹临死前托付给我的，说等你回来的时候，让我一定还给你。"他指了指几个补好的皮影，接着说："这几个，是你爹从火盆里捞出来，又给缝补上的。这也相当于给你认错了。二贵啊，你爹当年是被穷日子压得喘不上气啊。你说，你还想让他咋着？孩子，事情过去那么久了，也该放下了，那毕竟是你亲爹啊。"

毛二贵咬着嘴唇，依然不说话。

张仁义转过头来，望着远处的山野，说："你看人家林书记一个外来人，给咱村带来了多大的变化。你现在也当爹了，难道不懂当爹的心思？说一千，道一万，都想下一代能走正道儿，能过得比自己强啊。演皮影戏的事儿，你再好好想想。"

说着，张仁义拍了拍毛二贵的肩膀，站起身倒背着手慢慢走了。毛二贵看了看老书记已经略显佝偻的背影又低下头，呆呆地看着手中的皮影人，在石头上默默坐了很久。

最后，毛二贵像是终于下定了决心，包起皮影人，向村委会走去。他要跟林大为和海洋说，自己想通了，要为云蒙崮村真正地出上一把力。

* * * * * *

一周过去，云蒙崮村的立体开发终于有了点眉目。

白总公司通过了郑海洋提交的度假旅游项目书，又邀请林大为、郑海洋等村委会的主要成员，到公司里开了三天讨论会，把综合规划做了出来。

这天，云蒙崮村的广场上开起了村民大会。村委会要向全体村民介绍以后这两三年的大事计划。郑海洋和赵海霞指挥几个村里骨干，搭起了一个简易的台子，一张巨大的规划图被挂了起来，最上方是醒目的标题："云蒙崮村乡村综合体规划图"，下面排列着各种规划图，有大棚，有民宿，有景点，有文化馆。村民们坐在台下，看着那张图指指点点，一张张笑脸上满是憧憬和喜悦。

林大为站在台上，一一向大家介绍规划图上的内容，最后他总结道:"这就是海洋给咱们村设计的云蒙崮村未来三年的规划。三年后,咱们村将会翻天覆地,有一个巨大的改变。云蒙崮几百年来的穷神,是彻底要被咱们给送走啦!"

众人热烈鼓掌。林大为等掌声稍微平息下来,又笑眯眯地说:"介绍完了发展规划,下面我想重点表扬一下这次协助招商引资的有功人员,首先要表扬的就是二贵……"

大家听了,脸上都露出诧异的神色,纷纷往毛二贵那边看。毛二贵有点不好意思了,他这小半辈子不是没当过焦点人物,但之前都是反面教材,成为有功之人那还是大姑娘上轿——头一回。

毛二贵镇定了一下,慢慢站起来,笑呵呵地朝大伙儿招手示意,好像大明星一样。何翠姑坐在他旁边,看看毛二贵,又看看众人,脸上满是自豪的神色。

广场上正一片欢腾热烈,突然门外传来了一阵警笛声,紧接着,一辆警车快速地驶进村委会大院。在大家惊疑不定的目光中,车门打开,三名警察下了车,向人群这边走来。

其中一名警察问:"谁是毛二贵?"

毛二贵举起手,说:"是我。"

警察听完,面无表情地说:"请跟我们走一趟。"

毛二贵不自觉地向后退了几步,问:"警察同志,我犯了什么事啊?"

两名警察过来,抓牢毛二贵的手臂,说:"跟我们到派出所就知道了。"

毛樱桃看到警察要抓毛二贵,冲上来喊道:"放开我爸!凭什么抓我爸?"

带头的那名警官一挥手，说："小朋友也一块儿带走。"

这时，林大为从惊讶中缓过神来，赶上前来问："警察同志，我是市派第一书记林大为，出什么事了？"

警官说："林书记，我们怀疑毛二贵涉嫌拐卖人口，请他过去协助调查。"说完，一行人便带着毛二贵和毛樱桃上了警车，车子飞快地开走了。

云蒙崮的干部和群众面面相觑，全都傻了眼，这毛二贵，敢情还犯了罪？

林大为皱着眉头想了一下，对郑海洋说："海洋，村里你来盯着，让大家不要慌张，也不要乱传谣言。我现在就到派出所去一趟，看看到底是什么情况。"

说完，林大为就跑到车棚那边，推出他那辆农用三轮车，急匆匆地离开村子，往镇上去了。

刚一进派出所，马所长就迎了出来，跟林大为握了握手，有点抱歉地说："林书记，你是为了毛二贵的事情来的吧？这事太紧急，而且我们有纪律，也不方便提前通知你。"

林大为点点头，表示理解，马上又问："马所长，毛二贵到底犯了什么错误？"

马所长请林大为坐下，说："前段时间你不是找我们来给毛樱桃上户口吗？后来一直不见毛二贵提供任何证明材料。我心里就有点起疑，林书记你别笑，这也是我们当警察的职业习惯了。毛樱桃已经七八岁了，哪有家长能让自己孩子这么长时间一直当黑户的？刚巧，今天上午我们接到市里总局的通知，有人报案说，毛樱桃是被拐卖的失踪儿童，她的家人已经在省城报了警。从省里到市里，通过监控一路追查，最后找到了咱们

第八章　立体开发　219

村。我就赶紧出警了。"

林大为听了大吃一惊，说："马所长，樱桃儿是被毛二贵拐来的孩子？"

马所长说："对，前段时间，在省城的时候，毛樱桃本家一个亲戚在长途车站看到毛二贵带着她坐车，怕看错了，想跟着看清楚点，结果没跟多远就跟丢了，这不就赶紧报了警。"

林大为说："马所长，我看樱桃儿跟毛二贵挺亲的，不像是拐来的孩子，这中间是不是有啥误会？"

马所长站起身说："现在毛二贵正在审讯室里，有没有误会，从口供上可以进行逻辑分析。要不林书记跟我一块去听一听吧。"

审讯室里，毛二贵坐在椅子上，正说着什么，两名警官坐在他对面，记录着口供。

毛二贵说："警察同志，我不是已经承认了吗？樱桃儿确实不是我闺女，但我也没有拐卖她啊。我在省城一家商场里看见有人跟这孩子说了几句话，就拽着她往消防楼梯间走。樱桃儿当时拼命挣扎，那人就说什么'不听话，不给你买玩具，回去还要揍你'之类。我瞧着情况不对头啊。以前我听说过，有人在地铁里拐卖妇女，就是装作两口子吵架拉扯。我就跟了上去，大声咋呼，那人贩子一见众人都往这边看，松开樱桃儿就跑进楼梯间了。我这是救了樱桃儿啊。"

一名警官问："为什么你要把毛樱桃带走，不报警联系她的家人？"

毛二贵说："我咋不想报警送她回家啊？救下她的当天，我带她吃了一顿麦当劳，然后就问她家在哪儿，要把她送回家。谁知道一提这事儿，这丫头又哭又闹，说啥也不回去，说要跟着我，要我当她爸爸。我实在没办法，总不能让孩子哭死吧，就带着她回我们村了……警察同志，求你们把樱桃儿留下吧，我一定拿她当亲闺女来养，有我毛二贵一口饭吃，就绝饿不着她……"

听到这里，马所长走进审讯室，一名警官跟他打了招呼，说："所长，毛二贵的口供录完了，现在询问一下毛樱桃？"

马所长点点头，说："好，让我来问孩子吧，让小秦把毛樱桃带过来。林书记，您也来听一听吧。"

一名警官把毛二贵带了出去，不一会儿，一个年轻的女警官把樱桃领进了审讯室。樱桃一进屋，就看见了林大为，"哇"的一声就哭了，跑过来拉着他，说："林叔叔，你别让他们把我送走……"

林大为安慰她说："樱桃儿别哭，咱们把事情好好跟这位伯伯说一说。"

马所长说："樱桃儿，你为什么不愿意回家啊？"

樱桃听了，抽抽搭搭地跟马所长说："我亲爸在外地打工的时候，从修大楼的架子上掉下来，没抢救过来。我爸死了，我妈也不要我，不知道走哪儿去了。我二叔、二婶不给我吃饱饭，光让我干活，还天天打我骂我。我不是毛爸爸拐走的，我是自己跑出来的……求求你别送我回去，我要跟着我爸爸，他对我好，他到哪儿，我就跟着去哪儿……"

马所长说："这话是你自己说的吗？毛爸爸之前教过你什么话没有？你不用怕，伯伯是专门抓坏人的，谁也不能欺负你。"

樱桃一听，急得直跺脚，说："谁也没教我，我都是说的实话！"

林大为说："马所长，樱桃儿这么大的孩子了，脑子又很聪明，她的话应该是真的。"

马所长点了点头，让作记录的警官先带孩子到外面等候，然后对林大为说："那这个事情就简单了，樱桃这孩子离家出走，的确不是毛二贵拐来的，毛二贵带着她回老家生活，类似于认养孩子，确实也没有贩卖人口的行为。"

林大为说："马所长，事情既然都清楚了，是不是把人先放了？"

马所长说："放人没问题。不过按规定，孩子怕是得送回老家交给监护人。"

林大为说："这几个月我在村里都看到了，二贵很疼樱桃儿，爷儿俩感情挺好的，咱们就不能办个领养手续，干脆就让毛二贵领养樱桃儿？"

马所长笑笑说："林书记，你急糊涂啦？樱桃儿是女孩，二贵要领养她，咱们国家的收养法有规定，异性收养，二贵必须年满三十五岁，而且要比樱桃儿年长四十岁。二贵现年多大，樱桃儿多大？按这两人的年龄差距，根本不合法啊。"

林大为一拍脑门，说："我一着急，倒忘了这茬儿了。这么说，二贵是真没办法收养樱桃儿了。"他低着头想了想，又说："唉，樱桃儿这孩子的脾气我知道，别看她小小年纪，可是死倔，咱就算逼着把她送回去，只怕没几天就又得跑出来，到时候又要出危险。这可怎么办啊？"

马所长叹了口气，没说话。两个人默默地坐在那里，皱着眉头冥思苦想。

突然，马所长眼睛一亮，说："对了，我记得之前从新闻里见过一个类似的情况，最后把孩子送到SOS儿童村去了，后来那孩子发展得还不错。"

林大为听了，一下子舒展了眉头，说："对，我咋没想起来呢，我认识一个朋友在儿童村负责。那里条件好，又专业，还真可以把樱桃儿送到那里去。"

马所长说："不过这得取得监护人授权才行。"

林大为说："听樱桃儿刚才说的意思，她叔叔婶子早就觉得她是个累赘，我估摸授权不是问题，不过就怕二贵接受不了……"

马所长说："爷儿俩感情再好，也不能干违法的事，樱桃儿去儿童村已经是最好的出路了。"

说完，马所长请林大为、毛二贵和樱桃都来他的办公室里，把毛二贵无罪释放和送樱桃去SOS儿童村的建议，跟父女俩说了一遍。

毛二贵听了，闷头坐在那里好一会儿才说："林书记，我真舍不得樱桃儿，就跟亲闺女一样。但是，只要对樱桃儿好，一切都听您的。"

樱桃瞬间就大哭起来，抱着毛二贵说："爸，我不走，你不是说过，你去哪儿都带着我吗？你和我拉过钩的，一百年不许变……"

二贵也泪流满面，一边给樱桃擦眼泪，一边说："樱桃儿，听话，这是为你好。爸以后经常去看你，过年就去接你……"

林大为在旁边看着这一幕，鼻子也不禁酸酸的。等爷儿俩止住了眼泪，林大为对马所长说："马所长，今天的事儿，真是谢谢您了。那我现在就带他们回村吧。"

马所长叫他不要客气，起身将三人送出了派出所，嘱咐林大为赶紧联系儿童村的事，不要耽搁久了，有法律风险。

第八章 立体开发 223

回到村里,林大为便和朋友联系,那边说可以给樱桃在儿童村注册,并答应一周后派车来接孩子。

这一周内,毛二贵和何翠姑变着法儿给樱桃弄好吃的,各种逗她开心,家里充满欢声笑语,好像这一家三口要长相厮守下去一般。可无论大家如何回避这个话题,分别的那一刻终究还是到来了。

这天,一辆小轿车来到了村口,那是SOS儿童村派来接樱桃的。林大为、郑海洋、赵海霞,还有村里好些喜欢樱桃这小丫头的乡亲都赶来村口送别。

上车前,何翠姑将一个书包递给樱桃,说:"婶儿用了双层布,结实着呢。你过去好好读书,以后争取到北京上大学,给你爸长脸,给咱村长脸!"

樱桃接过书包,说:"谢谢婶儿!我刚来的时候不懂事,还咬了你,你可别生我的气。"

何翠姑笑了,说:"你这孩子,记性咋这么好?别瞎说,咱这叫不打不相识。"

林大为拿出一个精致的铅笔盒,帮樱桃放进了书包里,说:"樱桃儿,过去要听老师的话,好好学习,将来建设咱村,建设国家。"

樱桃点点头,说:"好,我一定好好学习。林叔叔,我还有个秘密要告诉你。"

林大为奇道:"什么秘密?"说着便俯下身去,樱桃趴在他的耳边,小声说:"这几天,我看到我爸正在写一个皮影戏,里面还有林叔叔的角色哪。"

林大为问:"这戏讲了点啥,叫啥名儿啊?"樱桃抿着小嘴一笑,说:"嘿嘿,那我现在就不能告诉你了。"

林大为哈哈一笑,说:"不告诉我啊?好,那我等着看。"说着,他又转头跟毛二贵说:"二贵,还有啥话,赶紧过来跟樱桃儿再唠唠,一会儿就该走了。"

二贵走上前去摸摸樱桃的头,装出一副严厉的表情,说:"臭丫头,记住,到了那边,别的毛病可以慢慢改,可这张嘴咬人的毛病得赶紧改了,不能让人家说咱村出去的都属狗。"

樱桃一听,咯咯地笑了,说:"爸,你放心,我以后再也不咬人了。对了,啥时候能吃你和翠姑婶儿的喜糖?到时候你可得来接我,我回来给你们闹洞房。"

毛二贵的脸一红,瞪了她一眼,说:"臭丫头,别瞎说……"

林大为看了看手表,说:"好了,樱桃儿,该上车了。"

樱桃恋恋不舍地看了大家一眼,开门上车。

小轿车缓缓开走了,樱桃从车窗里伸出头来,使劲挥着小手向毛二贵、林大为告别,向云蒙崮村告别……

尾声　星星之火

两年的时间,看起来不短,蓦然回首却像是眨眼之间;贫困村的脱贫之路,看起来道阻且长,一旦上路就飞快地加速。2018年年底,云蒙崮村的立体开发规划进入了正式实施的阶段,林大为这第一书记的任期,也告一段落了。

这天,村委会的会议室里坐满了人。台上是临沂市委组织部派来的三人考核组,还有第一书记大组长王志平和镇党委书记丁有康。台下坐着林大为、张仁义、郑海洋、海霞等村干部和党员代表、村民代表。大家聚集在这里,是为了开一个测评会,给林大为这两年的工作作一个总结和评价。

考核组长戴主任先请林大为汇报了两年来的工作情况,接着就进行民主测评,一人一张民主测评表,填好后把大家的评价汇集起来,来决定第一书记的业绩等第。

戴主任请助手向大家分发民主测评表的时候,张仁义站了起来,说:"戴主任,昨天海洋他们找到我,说有件事想让我问问在座的各位领导。"

戴主任说:"张书记,有什么事请讲。"

张仁义转头看了看郑海洋,说:"海洋,你现在是咱们的代理书记了,还是你直接来说吧。"

郑海洋从座位上站了起来,说:"戴主任,各位领导,是这样,林书记到咱村这两年,从没有接受过任何人的吃请,偶尔不方便随着哪家吃顿饭,也都留足了伙食费。林书记为咱村作了那么多贡献,眼看他就要回市里了。我们村要是连顿饭都没正儿八经请过他,实在是说不过去。今天特别巧,是林书记的阴历生日,我们几个村干部和大伙商量了一下,想向领导们提个建议。"

戴主任问:"什么建议?"

郑海洋一挥手,只见"大喇叭"和二虎走了进来,一人手上端着个大号的生日蛋糕,一人拎着一个大号塑料袋。两人向屋里的各位领导和乡亲们笑笑,把东西放在靠墙的桌子上,然后就到郑海洋他们后面的一排空椅子上,坐下了。

郑海洋走到桌子旁边,从塑料袋里拿出一捆彩色蜡烛,对戴主任说:"我们建议改改这民主测评的形式,不知道行不行?"

戴主任看不明白郑海洋的意思,问道:"改形式?怎么改?"

郑海洋晃了晃手里的蜡烛,说:"能不能把纸质测评表改成蜡烛,红色代表优秀,黄色代表及格,蓝色代表不及格。不仅一目了然,而且还直观形象。"

戴主任笑了,说:"这倒是个新法子,不过我们得商量商量。"说完,他就转过身去,跟考核组的其他两位成员小声地商量着,从他们的表情上一时看不出是同意还是不同意。

郑海洋站在那里等候着,不禁有点担心。过了一会儿,戴主任转回头,说:"这次考核,部里领导再三强调,必须要公开透明,决不能走形式,走过场,特别是民主测评环节,一定要做到了解和反映老百姓的真实想法。既然大家有这样的想法,我们商量了一下,形式倒没有不符合规定的地方,可以采用。不过毕竟是对林书记进行考核,形式上要创新,怎么也得听听他的意见。林书记,你看呢?"

林大为说:"戴主任,我尊重大家的意见。"

戴主任说:"好,那咱们今天就创一次新,用蜡烛来测评!"

一听领导同意了,郑海洋赶紧把大蛋糕搬到主席台上,赵海霞则拿过装蜡烛的袋子,将蜡烛分给在座众人,一人三根:红、黄、蓝各一根。

戴主任看大家都拿到了测评工具，便宣布："好，下面测评开始！"

台下众人排好队伍，依次走上台，将手里的蜡烛郑重地插在蛋糕上。很快，蛋糕上就插了几十根蜡烛，只见一片红彤彤的，一根其他颜色的蜡烛都没有。

戴主任看了看蛋糕，又看了看林大为，频频点头，露出了微笑。他的语气一下子变得轻松愉快起来，对郑海洋说："郑书记，投票环节你们有独特的设计，那这验票环节，又有啥不一样的方式没？"

郑海洋点点头，从兜里拿出几个打火机递了过去，说："戴主任，您看能不能用这个验票？"

戴主任心领神会，笑着接过打火机，对王志平说："王书记，要不咱们一起验验票？"

王志平笑呵呵地说："好！"

于是，戴主任和王志平走到蛋糕旁，用打火机把插在上面的蜡烛一一点燃，一旁的助手拿着笔记本作统计。

还剩最后两根蜡烛的时候，王志平停住了，对戴主任说："戴主任，既然大伙要给林书记过生日，这蜡烛不能都让咱给点了，是不是让老张书记和小郑书记来点这最后两根？"

戴主任欣然同意："对，应该，应该啊。"

两人把打火机递给张仁义和郑海洋，张、郑二人点燃了最后两根蜡烛。这时，助手也已统计完毕，向大家正式宣告了统计结果："刚才一共分发蜡烛七十六根，经过统计，蛋糕上的红色蜡烛一共有七十六根。"

戴主任说："好，下面我宣布，林大为同志民主测评为满分！"

台下顿时响起一片掌声。

等到掌声终于平息下来，戴主任说："郑书记，我的任务是完成了，下面咱们还要做点啥，就交给你们啦。"

郑海洋看看大伙，提议道："唱个生日歌吧？"

众人纷纷叫好。

郑海洋清清嗓子，起了个头："祝你生日快乐……"

毛二贵接着唱道："感谢你付出的一切……"

赵海霞调门有点起高了："这里也是你的故乡。"张仁义唱出最后一句："欢迎常回来坐坐……"

一曲唱完，戴主任带头鼓掌，说："听听这生日歌，改得多好！这叫饱含真情啊！是不是该吃蛋糕了？"

赵海霞说："领导，先等等，咱让林书记先吹蜡烛，许个愿！"

戴主任说："对，不能忘了咱们今天的主角。林书记，你来说几句吧？"

林大为激动地站到蛋糕前，郑重地向各位领导和云蒙崮村的各位代表鞠了一躬，说："各位领导，云蒙崮的父老乡亲们，谢谢大家。来云蒙崮这两年，昨天晚上，我头一回失眠了。记得刚来村那会儿，我雄心万丈，本打算轰轰烈烈大干一场，可一上手，才发现基层工作千头万绪，有时候难得像一座山，有时候又乱得像一团麻，不瞒大伙儿说，当初我也想过打退堂鼓，可这时候，是仁义叔，是海霞，还有大伙帮助我，支持我。最终，我才坚持了下来。

"昨天晚上，我把这两年的工作又认真梳理了一下，我在想，我究竟为云蒙崮做了些什么呢？是修路，建大棚，还是建扶贫车间？都是，但好像又都不是。路是市里施工队修的，大棚是仁义叔组织村民搭建的，扶贫车间是海霞张罗起来的，我最大的贡献究竟是什么呢？

"刚才戴主任和王书记点蜡烛的时候，我突然想明白了些东西。我觉得自己其实就像那个小小的打火机，大伙就是那一根根的蜡烛，我所做的，仅仅就是把大家的斗志和热情点燃了而已。只有大家都燃烧起来，咱云蒙崮才能一片光明，否则打火机火再大，气再足，也就是一点小小的光热，照不了多远。

"我这两年的工作结束了，马上就要回去了，我想借今天的机会向大伙儿道一声感谢！感谢云蒙崮这方热土，感谢大伙儿的坚守和付出。正因为有了大家的共同努力，咱们村才走出了一条属于自己的光明大路。借用总书记的一句话，幸福是奋斗出来的！这是永远不变的真理啊。"

说完，林大为深吸一口气，鼓足力量吹灭了蜡烛。

在场的众人又一次热烈鼓掌，掌声回荡在会议室里，又传到了村委会外，久久没有平息……

民主测评会顺利结束了，林大为送走了领导和考核组，回到自己的办公室，看着这个奋斗了两年的小小房间，心情难以言表，喜悦中又掺杂了一丝离别的惆怅。他在自己的办公桌前坐了好一会儿，也没有开始收拾个人物品。

"咚咚咚"，传来了一阵敲门声，林大为抬头一看，是郑海洋进来了。

郑海洋说："林书记，你这是要收拾东西了吗？今天就走还是等明天？"

林大为说:"没啥东西,就几件随身衣服。"

郑海洋笑了,说:"你要是不着急,那就明天再走吧。你跟我来,二贵给你准备了一个惊喜。"

林大为听了,连忙站起身,带着满心的好奇,跟着郑海洋走了出去。郑海洋把他领到村委会的广场西边,做了个邀请的手势,说:"请看!"

林大为顺势看过去,只见靠着广场西墙,不知什么时候搭起了一座简易的戏台,上面架起了一个白色的幕布。这会儿,"大喇叭"正带着几个乡亲,把锣鼓等传统戏曲用的家伙事儿搬运到台上。

台下已经坐了几十个观众,郑海洋领着林大为坐到前排中间的位置。林大为说:"这是要唱戏吗?"郑海洋说:"你看看就知道了。"

这时,只见毛二贵走到台上,向大家拱了拱手,开口道:"乡亲们,大家好,我是毛驴。"

台下的观众都笑了,有人喊道:"谁不认识你毛驴啊?"又有人喊道:"毛驴今天要给咱演个啥节目?"

毛二贵笑了笑,高声说道:"对,咱村都认识我这头毛驴,也知道我毛驴会演皮影戏。今天演点啥呢?不演孙悟空大闹天宫,不演关二爷水淹七军,也不演武松景阳冈打虎……"

有观众又喊了:"这不演,那不演,那你还能演啥么?"

毛二贵说:"那些都是老皇历了,今天,我给大家演一出新戏,叫《毛驴上树》。"说着,他便转身走到了幕布后面。

这时,鼓声响起来了,细密的鼓点打着节奏,幕布后方打上了明亮的灯光。只见幕布瞬间化为屏幕,一人、一驴、一树的皮

尾声 星星之火

影跃然于上，那个人正在往树上用力推举毛驴。

有人在幕后唱了起来，是毛二贵的声音，只听他唱道：

> 云蒙崮村故事多，祖祖辈辈不闲着。
> 秋收冬藏一代代，却还是穷命讨不上老婆。
> 霹雳一声震天响，第一书记下了乡。
> 千钧重担他挑肩上，誓要脱贫奔小康。
> 可遇见毛驴不听话，龇牙炸蹶瞎搅和。
> 第一书记发下了愿，要让毛驴树上坐！
> 这位客官问了，毛驴咋能上树呢？
> 且听我来说一说……

这天，台上的毛二贵，演了一出皆大欢喜的喜剧；台下的林大为，满面笑容，眼里却泛起了点点泪光。

* * * * * *

2019年元旦，是林大为要告别云蒙崮村的日子。他本打算把东西收拾好，背上背包，悄悄地离开。谁知道刚出村委会，就被眼尖的"大喇叭"给看见了。

"大喇叭"一路飞奔，把林书记要走的消息传遍了村里。乡亲们一听，赶紧往村委会跑。这时候林大为已经不在村委会里了，大家又急忙赶到村外，一看林大为正在出村公路边上，等着拦过路的顺风车呢。

乡亲们一拥而上，拦住了林大为，七嘴八舌地要让他去自己家里吃了饭再走。"

林大为说："乡亲们，大家的心意我领了，饭就不吃了，都别张罗了，怪麻烦的。"

二虎媳妇站了出来，拉着林大为的胳膊，说："林书记，啥麻烦不麻烦的，你说这见外的话，我们可不爱听！我们二虎的命，都是你救的，这过新年了，第一顿饭一定要去我们家吃。"

毛二贵也赶上来说："林书记，虽说你是咱村领导，但我毛二贵心里把你当兄弟，你要不去我那儿吃上一口，意思就是看不上我这兄弟。"

林大为正不知如何招架，张仁义拉了拉他，说："大为啊，你来这么久了，你婶子总跟我叨叨，说我都没喊你来家吃顿像样的饭。我跟她说，咱们共产党员不兴这些。可今天你就要回家了，咱能不能就权当是一家人过新年，你跟家里人就不要客气了。"

一听这话，乡亲们更加鼓噪起来，说什么也不让林大为走。林大为拗不过，被半拖半架地拉回村里，各家的手艺都尝了几口，还喝了不少村里人拿水果自酿的土酒。

土酒刚入口甜滋滋的，后劲却不小，林大为本来就没什么酒量，几杯下去就有点醺醺然了。郑海洋一看，连忙帮他挡住了，跟大家说："好啦，大家就别灌林书记了。有好东西，等他下次回咱们村的时候，再拿出来招待。"

林大为笑着说："乡亲们，我在云蒙崮村两年了，早就把这里当成我第二个家了，以后我会常来看看大伙儿。新的一年，大家多多努力，把日子过好，就是我最欢喜的事儿了。"

大家嘴里答应着，继续围着林大为说说笑笑。郑海洋见状，悄悄走到一旁，打电话叫了一辆出租车。他知道，农村人情厚，不管怎么推辞，乡亲们今天都不会轻易放走林大为的。林大为回去，过了元旦假期，马上就要回市委，跟组织上汇报工作，这两天他还得准备述职报告。今天天也不早了，还是赶紧让他回市里比较好。

过了一会儿，出租车来到了村里，郑海洋预付了车钱，把林大为从村民的包围里抢了出来，送进了车里。全村人又浩浩荡荡地送到了村口，直到车子缓缓开动了，乡亲们仍旧跟着车，送出去好远。

林大为开着车窗，不停地跟大家挥手，让乡亲们不要送了。

不一会儿，出租车驶上了出村公路，云蒙崮村的剪影在林大为的视线中渐渐地远去。林大为收回目光，掏出手机，给爱人拨了个电话，告诉亲爱的媳妇大人他这就回家了。

挂上电话，车内显得有些安静。司机师傅打开了话匣子，说："您这是回老家探亲吗？您跟这村里亲戚不少，人缘不错啊。"

林大为笑着说："他们既是亲人，又不是亲人。"

司机师傅说："这话怎么讲？"

林大为说："我是云蒙崮村的第一书记，今天任期满了，大家送送我。"

司机师傅说："噢，我知道了，您就是新闻里说的那种下乡扶贫的吧。"

林大为点点头，说："对。"

司机师傅朝着后视镜里竖了竖大拇指，说："了不起！"

林大为有点不好意思了，岔开话题说："师傅，回市里路上还得有一会儿呢，咱打开广播听听吧？"

司机师傅依言打开了收音机，广播里传来了总书记的声音，正在向全国人民发表2019年的新年贺词：

"……这一年，脱贫攻坚传来很多好消息。全国又有125个贫困县通过验收脱贫，1000万农村贫困人口摆脱贫困……我时常牵挂着奋战在脱贫一线的同志们，280多万驻村干部、第一书记，工作很投入、很给力，一定要保重身体……"

——全书完——

图书在版编目（CIP）数据

毛驴上树 / 昃文江, 王方著. — 重庆: 重庆出版社, 2020.6
ISBN 978-7-229-14957-4

Ⅰ.①毛… Ⅱ.①昃… ②王… Ⅲ.①长篇小说—中国—当代 Ⅳ.①I247.5

中国版本图书馆CIP数据核字（2020）第056817号

毛驴上树

昃文江 王方 著

策 划：华章同人
出版监制：徐宪江
责任编辑：王昌凤
责任印制：杨 宁
营销编辑：史青苗 刘晓艳

重庆出版集团
重庆出版社 出版
（重庆市南岸区南滨路162号1幢）

投稿邮箱：bjhztr@vip.163.com

三河市九洲财鑫印刷有限公司 印刷
重庆出版集团图书发行有限公司 发行
邮购电话：010-85869375/76/77转810

重庆出版社天猫旗舰店
cqcbs.tmall.com

全国新华书店经销

开本：880mm×1230mm 1/32 印张：7.625 字数：164千
2020年8月第1版 2020年8月第1次印刷
定价：49.80元

如有印装质量问题，请致电023-61520678

版权所有，侵权必究